KB177784

시
삼
백
二

시 삼백 二

© 김지하, 2010

초판 1쇄 인쇄 2010년 3월 16일
초판 1쇄 발행 2010년 3월 19일

지은이   김지하
펴낸이   강병철
주간   정은영
편집   황여정, 이수경
멋지음   안상수, 배형원, 박찬신, 임여진
제작   시명국
영업   조광진, 김상윤, 김경진
마케팅   박현경

펴낸곳   자음과모음
출판등록 2001년 5월 8일 제20-222호
주소   121-753 서울시 마포구 동교동 165-1
          미래프라자빌딩 7층
전화   (편집부) 02-324-2347
          (총무부) 02-322-6047
팩스   (편집부) 02-324-2348
          (총무부) 02-2654-7696
홈페이지 www.jamo21.net
이메일   erum9@hanmail.net

ISBN   978-89-5707-491-6(03810)
         978-89-5707-489-3(세트)

詩三百 시삼백 二

김지하

자음과모음

차례

시 삼백(詩 三百) 二

시 삼백(詩 三百) 三

내가 어디서

내가
어디서 왔는지
내내 모르다가

내 엄마가 누구인지
엄마다운
진짜 엄마가 어디에 있는지
아예 모르다가

생모도
장모도 다 사별한 뒤

모심의
예절을
목숨 걸고 공부하다

비로소
한 소식 접한다

창조적 진화의

한 시절 지나고

화엄개벽의 때
아직
다가서지는 않은

이
개벽 시작하는
촛불과
윤초의 한때

이제야
내 엄마가
사람이 아닌

내 자신의 마음
기인 긴 날
배부른 산 밑
무실리(無實里)

빈터에서 공부하며
공부하다
한 수 쓰고
한 수 쓰다
한 그림 그리는

그런 삶
아득한 노겸(勞謙)과

묘연(妙衍)과 독방
그리고
평생을 다해

수만수의
부흥비(賦興比)

이야기, 노래, 뜻
그리고 바람과 귀신
읊고

수만 점의
난초, 매화, 달마와
화조, 인물, 산수에

끝내는
거룩한 씹 그림
수백 점을 완성하고 가야 할

그런
삐딱한
외줄기
삶

아아
여기에
나 있다

내 엄마가 바로
여기
이 과정의 내 마음에 있음
깨닫는다

한울도 부처도
따로 없고

이 공부와 시와 그림에
바로 그것 있다
엄마가
있다

나는
바로 거기에 살아
의연히
사람으로 서 있다

이제

단 한 수의

머나먼 강가 일산의
노루목 등탑방(燈塔房)에 앉아 흘리는
한 수
시구절 속에

지난 모든 시절의

엄마 찾는

내 어린 날의 울음소리 있어
가만히
들어 올려 살펴보니

거기엔
한 가지 병이 있었다

그것은
내 허벅지에 난
인두 자국에서 돋아난

기이한
붉은 글씨

왈

'첫 이마〔初眉〕'

훗날 훗날
산경표(山經表)에서 본
영주 봉화 뒤 깎아지른
낭떠러지 산 이름

첫 이마

구슬땀이 흐르던

젖어
냇물 되어 흐르던

지옥의
어둠 있었다

내 이제 소매를 올려
작은 등불 위
그늘에 적신다

그늘 속에서
흰 빛 올라와

한울의
저 큰 눈망울을 적시는

이 캄캄한 시대의
별과 달과 해의 커다란
눈시울을 적시는

한
유년의 고통이여
그늘이여

그늘이 천심월(天心月)을 흔드는
길고 긴

개벽의 날들

오직

한 잎의
거룩한 춘화만이
구원이다

유일한,

가난한 소년의
영원한 소년의 눈 속의
엄마

공부의 빛.

내가 어디서 왔는지
지금에야 안다
나는
바로
지금에서 왔다.

내가 너에게 언제

내가 너에게 언제
하늘 땅 사람만으로
천하의
집
지으라더냐

내가 너에게
언제
도대체 그 어느 날
천왕지왕인왕(天王地王人王)만으로
천지공심의
문명
말하랬더냐

옛 백두산 어른
진안 운일암 반일암에서
무주 구천동 사이
남조선
대불리(大佛里)에서

또
운장산(雲藏山) 아래

삼왕(三王)으로 언제
어떻게
무릉(武陵) 세우라 하였더냐

광화(光華)처럼
처형 당하는 것
그것만이
능사더냐

연담(蓮潭)처럼 산으로 목숨 거는 것 또한
잘하는 짓이더냐

축지(縮地)도 하고
둔갑(遁甲)도 하고

서해 바다 속 일본놈들
빠트려버린 수천 석 곡식
건져 올려
실컷 먹고 나야만이

그제야 비로서 독립된다
내 분명
말했겠다

자라가 입 안에 삼킨

먹이를 뱉어내듯

벌이 벌이
백팔십 마리 벌과 벌들이
꽁꽁 지켜 가로막는
돌꿀 덩어리
불쑥 솟아올라 햇빛에 빛날 때야

참
의사 태어난다
몇 번이나 말했더냐

나는
백두산
한복판에
천지(天地) 있어
그 물속
천길로부터
흰
태양이 떠야 비로소
백두임을 모르느냐

옛 어른들이
그걸 가르켜
복승(復勝)이다
붉이라
발감이라

그렇다
흰 그늘이라 이른 것을
아직도 모르느냐

선도의학(仙道醫學)은 이것이니
회음(會陰)에서
달이 뜨고
달 속에서 해가 뜨고
혀 속에서 다시 또다시
천왕지왕인왕(天王地王人王)이 서되
맨 아래 밑바닥
지구 밑
회음에 서린
수왕(水王)이 올라와야
그때를 비로소

신시(神市)라 이르름을
아직도 모르느냐

내가 너에게 언제
깡깽이 하나
부지깽이 하나로
아니면
좆땡이
달랑 하나로

남북통일 하랬더냐

에잇
이 미련한 놈아

이
임학(林學)이
그리 바보 아니로다

김일성이 강반석이는 초년에 초년이요
문선명이 박태선이
그리고 아득한 알마티의
박일이며 홀로 동학당

천지도인(天池道人) 김무생(金無生)이
모두 다 가르칠 때

이
임학(林學)이
그리 바보 아니로다

천지가 산불이요 산불이 천지일 때
바다에는 구불(九佛)이요
구불(九佛) 안엔
유리 쪼각

쪼각 쪼각 한 시절에
가다가다 못 가는 길

남조선에서 시작할 것

남조선에서 시작하면
중조선에서 완성하고
중조선이 완성하면
북조선이 돌아온다
내가 그리 안 했더냐

에에잇
돌아온다

산도 물도 들도 집도
모두 모두
한길이다

에에잇
돌아온다

내가 언제 너희더러
이리 기웃하랬더냐

나 이제
간다
더는 여기 못 있겠다
나 이제 떠나간다

더는
말 못 하겠다

오는 칠월 이십이일

윤초에 다시 보자

그때 내 말 기억하면
못 속에서 산이 뜨고
산 중턱에
못이 뜬다

그때가
달 뜨는 때
신시(神市)의

한 시절
어허
한 시절이로구나

덩더꿍
복승(復勝)이요
사천 년을 유리(琉璃)로다

댓잎

한
댓잎

일산 서편 한강 쪽
인공 호숫가로
한 댓잎 노오랗게
시든 속에
삼월 봄맞이

파릇한 속잎 솟는다 보이느냐

꼭
나 같은

한
댓잎 보이느냐

나
오래고 오랜 겨울 시달림
깊고 깊은 노여움에서

이제 막
벗어난다

서러웠느니라

어찌
사람 사는 것
그럴 수가 있었는가

난
사람도 아니었고
짐승만도 물건만도 못한
구박과 멸시를
받았느니라

아느냐

긴긴 세월을 참았고
짧은 시간 터트렸으나

이제 생각하니
다아
부질없다

그래서 한 댓잎
밑에서 솟는 푸른 새싹에

내 몇 방울

눈물을 싣는다.

세상 사는 것
다아
이와 같다.

반면교사(反面敎師)

누구든
반면교사

원수나 적이나
악당이든 개자식이든
모두 모두
반면교사

내 생각에 달렸다
내 맘 먹기에 달렸다

내가 만약
끝내 모시고 내가 만약
끝끝내 마음 비우면

모두가
스승
모두가 한울이요 부처

님

부모님이요 친구

알았다

이 푸른 새벽에 깨어나
내내 몸부림치다

원한과 분노와
치욕에 몸부림치다

이내 깨닫는다

모시고
비우면

이제
모두 다 친구요 부모님

다아 다아
부처요 한울이니

님

다아
반면교사

님.

지옥에서

내 인생에
이 같은 날들이
다시 있지 않기를

기원하고 기원해도
되풀이 찾아오는 이 지옥 같은
날들의 분노와
치욕을

이젠
여의고 싶다 여의어지질
않고

가슴을 태우고
태우다 지친다
너는

누구냐 나의 분노 속의
주인공인 너라는 이름의
적은 누구냐

나는 이제
다 타고 남은
서푼짜리 분노로 다 소진되고 남은
종이 반쪽 같은
초라함

남은 것은 없다
떠나는 것밖에

내 인생 저기에
달 한쪽 떠서
비치는
말년

어디에서든
언제든

무언가 값있는
일을 찾아 헤매다
떠나는

그런 말년밖에
내 마음에 남는 것은
없다

간다
간다는 것
그것밖에

아무것도 없다.

월정사 까마귀

예전에는
까마귀 소리는 그저
불길했다

오늘
이른 아침
오대산 월정사 숲에서
웬일로

까마귀가 내게
- 어서 오세요
어서 오세요 -
한다

하하
웬일일까
우리 집 땡이 야옹이나 똑같다

내가
착각하는 것

내가
스스로 만족해하는 것 아니다

천만에.
만물 해방.

세계가 세계 자신을
확연히 인식하는
대해탈의 시작이다

산성 쎈트라우볼
아르곤 다르볼리움 얘기다

왜 하필
이곳인가?

물.
괴질의
유일한 치료제인
물.

황해
새로운 시대의 지중해인
황해의 첫 시작인
남한강의 첫 샘물

서대
우통수가 있는 곳

화엄개벽의 오대산이기 때문.

하하
이제야 알겠다
-어서 오세요-

당연한
아침 인사다

다만
스님들은 도리어
사방에 대고 반말뿐이다.

　　기축(己丑) 9월 21일 아침, 오대산 월정사에서

두희(斗熙)에게

네게
감사한다

네가 왜 내게
걱정하는 얼굴로
늘
우울한지
알기 때문이다

너는 내가 아우들과
북한 사람들
심지어
내 생모까지 고발한 것이
아직도
옛길에서
예쁘게 살고 있는 수많은
시골의 이웃들을
가슴 아프게 할 것임을 알고 있기 때문임을
내가 잘 알고 있기
때문이다

나는
그래서
죽는다

나는
없다

나는 이제
정발산 기슭
아주 작은 진달래꽃 한 송이일 뿐

나는 내일
배부른 산 무실리 엎드린
한
늙은 시인이요 환쟁이일 뿐

그리고 죽는 날
내 생모 뼈 흩은 삿갓봉
문막 여주 사이 쓸쓸한 언덕에
화장해
뼈 흩기 위해
거기 가 엎드린
한
늙은 불효자식일 뿐.

두희야
네가
왜 끝끝내

날 걱정하는지 알고 있기 때문.

그렇다

네가 있어서
그래서
오늘

내가 참으로
용기 있게 설 수 있다.

다
알고 있다 네 마음

네게
감사한다.

나하고 아무 상관 없는

나하고
아무 상관 없는

그런 일에 뛰어들어
일생을 헤피 보낸 끝

나 오늘
이 익산
쓸쓸한 밤거리에 앉아
후회한다

나 왜 여기 온 것인가
왜
여기 앉아
아직도 분노와 치욕 속에
하늘만 원망하는가

전라도 수천 년의 어둠
아무도
어찌할 수 없었던

그것

그것이 내 안에서 외치고 외치고
소리 지르고 소리 지르고

날더러
미친 듯이 세상을
가로지르라고
요구한다

너
전라도여

내 가슴의 그늘의 씨앗
그 그늘로부터
오늘

이 익산에서 가까스로 싹트기 시작한
한 눈부신 흰 빛
길

그 길이 눈물겹구나

나 이제
온갖 헤픈 모험이 다 지나
갖은 반역의 날들을
다 겪고 나서

오직
하나인 이 길
오직 하나인
세계 인류의 참 해방의
이 길

화엄개벽의 길
찾아

오늘 여기에 제시하는 날

어찌
내 가슴
흰 그늘을 서러워하지 않겠는가
전라도여

내 할아버지 내 아버지
내 사랑하는
모든 이들 잠든 이 땅에 이제

고개 숙여
명복을 빌고

나
쓸쓸히
내 길을 간다

화엄개벽의

그 커다란

그러나
아직은 텅 빈 스산한
그 길 위에
혼자

거의 혼자 서서
또 운다

고향이여
고향이여

이젠 너를 내 안에 완성하는 날

네 흰 그늘을
나의 화엄개벽의 길 위에서
빛나게 이루는 날

오직
내 넋만이 홀로
네게 돌아오리

몸은 언제나 타향 만 리
낯선 땅에
살고
묻히리

거기서 죽어 이 길 기어이 완성하리

이루어 끝내

돌아오리.

나의 윤초(潤챍)

보기보다
보지 않음이 좋다

못 보지는 않는다는 것
그럼에도
안 보는

거기에 비밀이 있다

마음에 들지는 않지만
현실이니까 인정하는
거기에
바로 거기에
윤초의 비밀이 있다

윤초는
소배짱

50

소배짱도 배짱일까만
영화 워낭소리에는

그 배짱이 수북이 땔감을 쌓아놓고
끝없이 끝없이 밭 갈고
그리고 죽기 전
컴컴한 우리 구석에서 홀로
흰 눈물
흘리는

그것이
올 칠월 이십이일
대일식 때 천여 년 윤달
삼백육십다섯 날 사라지고
삼백육십 날

달로부터 올라오는
유리(琉璃) 사천 년 세상
그것이

윤초.

어젯밤
선도 수련에 금선까지 체험한
아내가 내게

어두운 냄새
그늘 짙다고 걱정한 뒤

밤 늦게
한폭

해맑은 표연란을 칠 때
화제가 문득

'바람은
그늘에서 빛이 나올 때까지
불더라'

지난날의 시고들
검열하다 컴컴한 혼돈들
너무 심한 곳 체크하다 곯아떨어져
여덟 시간 넘게
자고 나서

아하

첫 붓끝에
표연(飄然)과 골기(骨氣)가 함께 서고
추사(秋史)의 괴(怪)와 청미(靑眉)의 소심(素心)이
또 거기에
어쩌면

석파(石坡)의.

화제가 나도 모르게
'나의 윤초'

아

흔들리고 곧고
기괴한 우아한
어쩌면
절벽 위 칼끝까지도 기대되는 아주 원만한

아하

숨은 어딘가에서 올라온,
헛것들
슈퍼 버블들,
윤달들 다 제치고 복승(復勝)해 올라온

파스꾸찌 없는
나의
흰 그늘

나의 윤초

이제
나의 참삶이 시작된다.

기축(己丑) 2009년 3월 15일 낮 1시 10분,
카페 스타벅스에서.

한산표연(竿山飄然)

난초 치기
삼십여 년

아까 막 먹방에서
참
삼십여 년 만에 난초다운 난초 한 폭
하하하

무어라 말해야 하나
건졌다?
빚었다?
쳤다?

절벽에 걸린
바람에 흩날리는
앙증맞은 꽃송이 셋 달린

후천기축란(後天已丑蘭)

나는

이 난초 하나로
내 시골 배부른 산 가도
좋을 것

어째서
절벽의 한산(寒山)이냐 물으면
내 삶이요

왜
흩날리는 표연(飄然)이냐
시비 걸면
너 때문이다 하겠다

너 때문이다

너를
아무리 싫어해도
모시려는 목숨 건 모심
때문에 흩날리는 화엄이요
절벽 같은 개벽이다

나
오늘 아침

설두 스님 게송 덕으로
천축 황야의 한 작은 주막에 묵어
아침 몸
얻었다

나
이제는 '나의 윤초'
또 어젯밤엔 커다란 악몽 속

'나의 모심은
비움이다'를 깨닫는다

그리해
오늘
'한산소역(乕山小易)'을 지나
'귀명(歸命)'도 지나

참 모심인 큰 비움 이르른다

누군가
모처럼
내게 전화를 걸어

'김지하와 김수영 비교론'을 쓴다길래

그보다는
'화엄과 개벽',

아사히 신문 기자의
'당신 사상의 현주소는 어디요'에
내 눈동자는 동학이고
망막은 불교란
내 말의

뜻을

공부하라고 충고해주었다

뽕뿌리 삶은 물
한 사발 먹고

우리 땅이 우는 소리 들으며 눕는다

마음이
편치 않은데도 편하고
몸이
성치 않음에도 성한

기이한
세월이
이제
온다.

슬픈 내 동정(童貞)

슬픈
내 동정을

내 생애 처음으로 생각한다

나는
내 첫 아내를
내 나이 열 살 때 처음
풀밭에서
만났다

엉겅퀴 같은
수세미 같은 헝크러진 머리에
저고리 고름도
마구 풀어진
열세 살쯤 먹은
미친 가시네

58

똘삼이

박(朴)똘삼

지 엄마가 누군지
지 아빠가 누군지
아무도 모르는
그저 친척 집에 얹혀 사는
성(姓)만 그저
박씨라는 것

내가 그 가시나를
내 아내로 맞은 건
'아그들' 때문이다

공연히 날 미워하던 '아그들'이
날
그 애와 묶어
어느 날 혼례를 치렀다

하늘은
미미한 잿빛
영산강물은 흰
희디 흰

슬픈 나의 동정(童貞)이었다

숯 두 덩어리로

땅에 금 그어놓고

초례를 치른 우리 둘을 가운데 놓고
'아그들'은
내내

'꼴래 꼴래 꼴래-'

혓바닥 내밀고 조롱했었다
조롱
그렇다

나의 첫 동정은 무너졌다
나는 그 뒤 사흘간
심한 감기 몸살로
앓으며
헛소리를 해댔다

'똘삼아-'

그 애는 그 뒤 자취를 감췄다
'아그들'은 눈을 휘번덕이며
수근거렸다

왜?

누군가 밤에 와
시커먼 웬 사내가 와
데리고 가버렸다

왜?

새들이 흰 마당에
그늘을 부리며 지나고

머언 하늘엔 흰 구름 떠갈 때
그때마다

나는
속소리로 불렀다

'똘삼아-'

슬픈 내 동정이었다

비녀산 뒤
꽃피는 샘물 너머
미친 이들 검은 굴로 데려갔다고도
아주 아주 먼 데
대처로 나가
거지가 되었다고도 했다

'똘삼아-'

지금도 가끔 잠결에 이 이름을
부른 뒤
갸웃거린다

누굴까?

더욱이 성(姓)이 박씨니 더욱 이상타
왜 박씨일까?
박(朴)은
……

어젯밤

나는
참으로 오랜만에
악몽을 꾸었다

문밖에서 누가 날 들여다보고 있었다

나의
내면을 들여다보고 있었다

놀라 깨어 일어나
그 까닭을 허공에 물었지만
알 수 없었다

그때 문득
그 가시나
똑 머슴아 같은 쑤세미 머리 얼굴이
떠올라

나의

지나친 회음뇌(會陰腦) 찬양을
가슴 내리쓸며
후회했다

똘삼이가
내 첫 동정이
내게 충고한 것.

어제 내내 생각했다
'나의 모심은 비움'
'비움은 나의 모심'

아
비녀산 너머
달 뜰 때마다 꽃핀다는
그 푸른 샘물이

지금의 내 가슴 밑바닥
그 밑바닥
검은 회음에서 흔들리며

'오는 칠월 이십이일에도
윤초(潤秒)는
오지 않을 수도 있어!
너무 기다리지 마!'

그런다.

똘삼이
나의 첫 아내의 넋이다

기인 긴
슬픔의 기억 저편에서
또 하나의
빛

조금 있으면
시골로 가야 하는
내 아내
원보 엄마의
흰 저고리 빛이 배어온다

2009년이다
내 나이 예순아홉
기축(己丑)은 기축(己丑)이다만
후천(後天)은 후천(後天)이다만

윤초는 나타나지 않을 수도 있고
덧없는 세월은 의미 없을 수도 있고
그럼에도 별들은 더욱 혼란스럽고
죽지 않는 생명들
죽지 않는 옛 기억들
죽지 않는 밑바닥 슬픔들은
사방에서 울부짖을 것이다

이제야

느지막이 이부자리를 걷고

검은 악몽의 기억에서

걸어나간다

2009년 3월 16일
아침 8시 15분

아내가
토지문화관 가는 날이다

'안녕'
한마디는 해줘야겠다.

황사 바람 부는 날

황사 바람
몹시 부는 날

그 사람 생각난다

봉제 삼촌

키 작은 주먹
노가다 십장 나의 먼 친척 삼촌이어서
나 스물에 군사정변 때
몸을 숨겨
도리어 고향에 가
스태바에서 삽질할 때

그 사람 생각난다

66

항상 주머니엔
청산가리 넣고

항상 입에선

두보 이태백이 줄줄줄

항상 술 취하면
이를 갈며 한마디

'이 개 같은 세상에서
자존심 가진 사람이면 반드시
자살로써 대답하는 법'

결국은
나와 헤어진 뒤

흑산도 예리 뒷산에 올라
대낮에 청산가리로 떠났다

나
지금도
그 사람 생각난다

자살 때문 아니라 자존심 때문
그리고 이 개 같은 세상 때문
대답 같은 대답은 어쩌면
그뿐일는지도 모르기 때문

생각난다

삼촌

별 가득한 밤하늘
술 취해 올려다보며 하던 말

'아야
영일아
나 암만 해도 전생에
별에 살았던 개비여
으째서 요로콤
별만 보면 눈물이 눈물이
눈물이 흘러
끝이 없응께잉!'

삼촌

나 이제야 자살 말고
한 가지 자존심 갖고 사는 법
깨달았어!

자기 자신 안에
우주가, 화엄우주가
지금 막 개벽하는 것
믿고
모심
몸으로 철저히 모심
그거야

그때
군사정변 때는 안 불던

황사 바람 이리
심하게 부는 게 그 증거야
개벽의 증거
미국 대통령 오바마하고
국무장관 힐러리가
카멜레온이래 좌도 우도 중간도
다 아니고 그때 그때마다
천태만상
백화제방

삼촌 좋아하는 이태백이
백발삼천장으로 시작하는 거
그거 다
그 증거야
화엄의 증거

안 죽는
해파리 죽지 않는 불가사리
곤충 겨드랑이에
날개가 다시 돋고

삼촌

나 이제 우리 두 아이들
불쌍한 그 자식들 더는
불쌍하지 않아!

나보다 훨씬 훨씬

잘났어 휘얼씬 더
멋진 세대야
좋은 세상을 만난 게 아니라
저희들이 이제
만들어갈 거야 틀림없어

삼촌 좋아하는
두보가
줄줄줄
김삿갓이 줄줄줄
태백이는
더 말할 것도 없이
줄줄줄줄줄-

삼촌

나 아까 저녁 때
참 멋진 절벽 난초 한 잎 그렸지
한산표연(竿山飄然)에
달마불식(達磨不識)이야

화제가 그래.

부제가 이래

"한산(竿山)과 초미(初眉) 사이
십일(十一)과 십오(十五) 사이엔
'모르오'

한마디뿐"

허허허 삼촌

나도 전생에 삼촌같이
별에서 살았던개비여
난초만 그리먼 자꼬만 자꼬만
난꽃 속에서 별이 반짝잉께잉!
꽃이 화엄이고
별이 개벽이고
붓이 모심잉께잉!
황사 바람 부는 날은
더 그렁께잉잉잉!

허허허 삼촌
안녕!

그리움 때문에

다른 것 아니라
그리움 때문에

오직 그것 때문에
나는
나이기를 그만두었다

외국 유학을
접은 것이다

어떤 내 친구는
왈
'이 나라는 글러먹었어
나는 거지가 되더라도
구라파에 가서 살겠어'

그 말을 듣고 나는
도리어
구라파 유학을 접었다

그리움 때문에
내 조국에 대한
조국의 산하와 역사에 대한
그리움 그리움 때문에

내가
나이기를 접었다

단 한 번도
후회한 적 없었다

그렇다고
자랑한 적도 없다

모르는 것은 물어서 알았고
모자란 것은
열심히 읽었다

지금 와
생각한다

큰 문명의 대세가
이 반도를 몰려오고 있는 지금
도리어
내가

그때 이미 구라파 공부를
충분히 끝냈더라면

생각할 때가
가끔 있다

과학 때문이다

다른 거야 별로 부럽지 않다
사회과학 역시
그렇다

다만 자연과학
더욱이
우주
그리고
그리고

내 이제 와 가만히 생각한다

나 혼자
수련하는 동학 공부
그 안에 이미

서양 학문 중
최고인
창조적 진화론 이미 다 들어 있어

거기에서
한발 더 나아가
화엄개벽론 다 살아 있어

부러울 것은 없다
그러나
충분치 않다 그 과학성.

옛날 같으면
화냈을 거다

워싱턴에 생명포럼 준비 차 갔을 때
돈이라는 학자가
건방 떠는 것
미국 사람은 한국이
지구의 어느 곳에 붙어 있는지도 모른다고

붙어 있는지라고 했을 때
화냈을 거다

독일의 자칭 타칭
천재 철학자
비토리오 회슬레
날 찾아왔을 때

아마
황송했을 거다
옛날 같으면

허
기이한지고

아무렇지도 않았다

왜 그랬을까

여기
여기서밖엔

지구와 우주와 생명과 영성
그리고 문화와 예술
설명 못하고
구원 못하고
전망 못하기 때문.

나 이것 공부하는 것
이 길 가는 것

하나도 외롭지 않다
다소곳이
가겠다

늙어
죽도록 혼자서라도

너무
기쁘게 가겠다

아무도
안 알아줘도

좋다

혼자서
그래
혼자서.

그리움 때문이다.
그래

오직 진한 진한
나 자신도 어쩌지 못하는
그리움
그 때문이다.

아버지

아버지

지금 어디 계세요

삿갓봉이세요 귀래 무덤이세요

아직도
귀래이셨으면 하지만
그래도
삿갓봉이시면 하지만

아마도
우주의 저 아득한
흰 그늘의 길
거기
계세요

저는
이제 비로소 여기
섰고

여기서 이제야 마침내
흰 그늘의 길
시작합니다

아버지

엄마 용서하세요
그래도 저를 낳았고
길렀고
또
어떻든 머나먼 그 길
아버지를 찾아
저를 데리고 멀미 나는 한반도의 구석구석
헤매셨어요

어젯밤 꿈에
컴컴한 굴 앞에서 엄마가
제 손을 끝내 놓지 못하고
떠는 것을
봤어요

안아주세요

제가 걷는 이 길
먼지 팍팍 이는 이 고달픈 길
끝내는
삿갓봉에 가
닿아요

우리 세 식구
거기서 다시 만나요
그 시뻘건 불바다
아버지를 부르며 저의 열 살이
월출산을 내린 아버지
죽음 속에서 저를 부르시던 열한 살

그 부름이
이제
저의 길
이 어두운 땅의
흰 그늘의 길이에요

갑니다
두려움 없어요
오직
머리 아닌 가슴에
그 부름이 있어 꽃 한 송이

영일(英一)아!

부름만이 있어.

기축(己丑) 2009년 4월 12일 새벽 4시

어저께

어저께
나는
한울의 도제(徒帝)였습니다

오늘
나는
스스로 한울

새로 태어난 새 사람
새 한울입니다

님이라고까지는 않겠습니다
그저

웅대한 저 푸르른
그리고
영원한,

나 스스로 놀라고 거절하고 미웠습니다만
이젠

당연합니다

고양이가 강아지를 사랑하고
닭이
고양이를 품어줍니다

곤충들 겨드랑이
흰 날개들이 다시 돋고

머언
하늘
(한울이 아닙니다, 하늘일 뿐!)

하늘하늘한 눈부심
가득합니다

화이트 홀이죠

개벽입니다
(이제 나의 일은 신성(神性),
창조의 동업.)
태안 앞바다에서
죽지 않는 생명 태어난 것
또한
오늘의 일

언젠가는 이리 말하게 되겠지요

'사람이
한울님인 것 아니라
한울이 사람이 되었다'고.

내가 그저
그 도제였던 어저께는
하마
하마
오만 년 전이올시다.

기축(己丑) 2009년 2월 4일,
우리 세희 영국으로 떠난 뒷날

아무것도 남기지 않고

興
___
87

이제
아무것도 남기지 않고

훌훌 떠나갈
자신이 있다고

님은
말했다

님은
그러나

내 두 아들과 아내에게
참으로 눈물겨운
유산과

84

집과
분깃을 남기고 가셨다

또

나에겐
돌아가 엎드려

삶의
후반을

뜻있는 고독 속에 묻힐 수 있도록
둥지를
만들어주고 가셨다

내 어찌
고맙지 않으랴

머얼리서
뵙는다

지금도 뵙는다

'개자식'이라던 평소의 말씀이
이젠
'강아지'로 들린다

딴은
개자식이었지 뭘!

애만 먹였으니
그럴 수밖에

천천히
내 마음의 뜨락을 거닐며

아득한 옛날 거의 잊혀진
한
눈 오는 날

설악산에서 돌아와
내가 잡혀갈 거라는
웬 기별을 받던 그 밤

님은
오셔서
걱정해주셨다
나는 떠나고
나는
돌아오지 않았다

오오직
하나

내리던 그 흰 눈과 함께
남았다

그 따뜻한
한마디

'웬일로

똑
육친 같아서……'

지금도
봄에도 한여름이나 가을에도
그날 밤의
눈은
눈은

느을 내린다

이제
아무것도 남기지 않고

이제
아무것도 남기지 않고.

빛을 이루는 길

묘향산(妙香山)에 가보고 싶다

서산(西山) 스님이
후일엔
최창조(崔昌祚) 풍수가
조선 제일이라던 산

그 산
정상에 올라
잠깐만이라도
임란 때 메꾸어진
명나라
군사에게 없어진
진몰못 보고 싶다

진몰지(珍沒池)

아
보물 묻힌 산 위의 못

나는 들었다

백두산에 수련한
옛
선도 신선께

그 못 안에
동서양 융합의
또

붉금의
개벽(開闢)의
비밀이

오합(五合)에서 이루어질
대화엄(大華嚴)의
얼굴
있다고

들었다 들었다 들었다
묘향산에
가보고 싶다

오늘
바람은 차고
햇빛이 따갑다

북은 어둡고 남은 뾰족하다

반궁수(叛躬手)
계룡만으론
원만한 남쪽 별
떠오르기
어려워

내
이제

얼굴을 씻고
간다.

그 얼굴 밑 그 옛날

갓 낳던 목포 연동 뻘바탕
그 질척질척한
수돗거리

진물지 그곳.

내 인생

매일 매 순간
죽고
산다

나
지금 여기서
매일

너는 안 그러느냐?
너는 좋겠다
나는

못 그래서 죽고
안 그래서
산다

산다

죽어서야 비로소
겨우

매일을 산다
내 인생이다.

새 날
— 기축(己丑) 2009년 3월 7일
  원불교 화엄개벽 제1회 집단 토론회에 부쳐

새날이 왔다

오늘
소태산 그룹은
오늘의 화엄개벽 결집을 한다

일천사백 년 만의
화엄
새날이 왔다

내가
모자른 내가
여기 한몫 끼어 있음에
오직 기쁠 뿐

다만
노사나님 말씀대로
일체 교만 버리고 그저
모시고
비우리라

내 한 몸 이미

별 뜨는

꽃.

법보에

내 마음과 같이
법보는 빛났더이다
내 마음과 똑같이

언덕 위에
꽃들은 여기저기서
피었더이다

다만 잊히지 않는 것은 한 가지
내 마음 깊은 곳
아직도
빈 터가 모자람
아직도 덜 여물어 아직도 갈 길
아득 아득해

정신 아득하더이다

이제 날이 밝으면
신발 대신
맨발로

참 공부길 머언 구름과 물의 길

떠나려 하나이다

부디

토용까지

첫 서리까지

부심하옵소서.

기축년 3월 9일,

'화엄개벽의 길' 연재를 끝내며

노루목에서 김지하 모심

· 토용(土用): 가을의 옛말
· 부심(腐心): 마음 공부

땅

오늘 아침

일어나 오히려 캄캄한
동굴 앞에
엎드렸을 때

문밖에서 우리 딸
땡이가 도리어 서럽게
울었다

'아빠 그러지 마!'

나는
가슴에 손을 올리고
또다시 거기 새긴다

'나의 모심은 비움!'

97

수천 년이다
그 동굴은 폐쇄되고

먹칠되고 범죄자의 집
그리고
무덤

예수의 죽음의 자리

나의 예절은 그러나
때늦은 것
마치 요한처럼
자기도 벌써 옛날에
거기 있었다고
자기기만하는 것과
다름없는 것

우리 땡이가 그러지 말라는 거다.

일어나
시계를 보니
벌써
유리세계다

내게 동굴이 남아 있다면
그것은

내 가슴속의
빈터
뿐.

땡.

우체국 근처에서

예순아홉 살 생일 아침에
우체국 근처에서

작은
한 찻집에 앉아

창밖을 지나는 이상한
사람 같기도 하고 오리 같기도 한 허어연
어떤 여자 얼굴에
섬찟 질려

저 건너 정발산
푸르러 오는
첫봄도
첫봄도
안 보이게

질려

오늘 아침 내 생일의
경건함도 잊고

가슴을 두드린다

가슴 안에 들었을
어떤
내일의 새 삶의 도래를
문 두드린다

왜들 이렇게 사는가

흰 오리 같은 얼굴은
화장 때문이 아니다

공원에서는 시커먼 플라스틱 챙모자 아래
커다란 코가 붙은 복면을 쓰고
시커먼 선글라스에
군인 같은,
파시스트 군대 같은,
혹은 평양의 저 엉터리 사회주의
인민군대 같은

참
더럽게도 딱딱한
팔다리 움직이며 그것도 운동이랍시고

자꾸
그리 사니
얼굴이 오리가 된다는 뜻

그리고는
카페에서 레스토랑이나
빠스꾸찌 주식판에서는
완전
딴사람

그때 얼굴은 쥐

난
그게 싫다는 거다

나는 분명
앞으로 오는 시대가 여성의
모성의 주도에 의해서만
열린다고 보는
개벽(開闢) 지지자다.

여성의 살림과
창의력과 자애로움 그리고
비상한 회음뇌(會陰腦)의 돌파력 없이는

지구 대혼돈과
문명 위기는
어림없다

내 얘기 아니다
이리가라이와 발 플럼우드 말이다
나는

전적으로 찬성이다

그런데
그가
아니
그 여성이
오리 얼굴에 쥐 상호에
더러운 빠스꾸찌에 김정일 졸개같이
나치스처럼 행진한다면!

거기에
KKK 같은 복면이라면?

거기에 거기에
제 아이를 죽여
보험금을 탄다면?

고통이 심해서
수천 년 억압이 못 견디게
서러워 한(恨)이 쌓이고 쌓여
구천(九天)에 하소하는 아낙들의
저 염주 굴리는 소리는
증산 아닌
내 귀에도 지금도 계속 들린다
어찌 모르랴

103

그러나
유럽에서는 이미

젠다 투쟁은 망했고
한국에서도
끝났다

여긴
여기 나름의
여기 특별한 조건에서 출발하는
예컨대
여성 혈통 중심의
새로운 남녀평화 같은

그래

1만 4천 년 전의
마고 궁희 소희의 신시(神市) 같은,
팔여사율(八呂四律)의 혼돈 질서 같은

이리가라이나
원불교 2대 정산(鼎山) 종사 같은
그런 자애로운 엄마 중심의
새 여성개벽
안 할 건가?

나
오늘
예순아홉 살 생일에
한마디 한다

69

섹스에서의 식스 나인은 본디
여성 상위의
우로보로스

불교
원시불교의
용화회상(龍化會相)의 이미지

모권제(母權制)의 근원인
여신지배(女神支配)의
이리가라이 정산(鼎山) 사상이다

정신 차리라

나는
사마르칸드의
비비하눔 성전 저 거룩한 돔
그 밑에 벌어진 바자르 옆
언덕 위 성소의
그 언덕 밑 아프라시압

지하 박물관 프레스코에서
거대한 여신의 품 안에서
사마르칸드의
옛 이름
초폰아타

첫 별의 고향

아
그 졸본성의 두 사람
새 깃털 꽂은 고구려 사신
용화(龍化)의 바자르식 우로보로스 얽힘 흥정하는
그럼에도 사랑과 호혜의 개체적 혼돈이
더 무거운 교환의
옛 신시(神市)
가격 흥정의 모습을 보고

울었다
사마르칸드를 떠나며
한없이 울었다

나는
여성들에게 죄가 많다
안다
뉘우치고 있다

한때는
동아일보 지상에
커다랗게 한 면 전체에
나의
추문(醜聞)을
그대로 고백하고 용서를 청한 적도 있다

도리어

세상이
그것을
뭉개버렸다

그 사건은 내게 더 큰 아픔을 주었다
근본적으로 오류를
인정 안 하는
도덕 사회

오리 얼굴이다

나 자신이 용서할 수 없다

오늘
이 경건한 나의 생일

왜냐하면
네가 이제야 기인 긴
착란과 분노의 증오와 한(恨)과

어미에 대한
깊은 깊은
절망에서 가까스로 벗어난
예순아홉 살의
이 생일에

욕심 없이
어떤 원심도 좌절감도 없이

해맑은
마음 하나로

앞으로 와야 할 새 시대
여성 주도 평화와 생명 세상에 관해
한마디 하는 것

나의 영광으로 알기 때문
오직 그 때문이다
오늘
나의 발언은.

부디
아름다우시라

부디
자신을 혹독하게
부패시키지 마시라

부디
군인 숭배를 그만두시라
부디 부디
미국 애들 유럽 애들
유치한 장난 짝퉁 좀 포기하시라

등하불명(燈下不明)

미국에서 가장 아름다운 여성의 이미지

그 첫 모습은 갸름한 동아시아 여성의 얼굴

정신 차리시라
부디 부디
쌍꺼풀 높은 코
턱과
광대뼈와
젖가슴 수술 좀 그만두시라

누군가
여성 작가 자신이
한 성형 공장 출하의 똑같은 공산품이라
욕하는 것 들리지도 않으신가

제발
자신의 부드러움
자신의 마고(麻姑)
자신의
이리가라이
자신의
여성 혈통 중심성

그것을 앞으로 밀고나와
살림의 세상 용화(龍化)의
모권 세상 만드시라

그 길밖에는
인류 미래는 없다.

전환

전환하기 위해
전환하지는 않는다

그런 전환은
없다

원한다고 되는 것도 아니다
필요해서 전환한다면
그것은 전환이 아니다

전환은
개벽
전환은

끝에서 시작하는 새 출발

110

이렇게
날이 밝고
이렇게 새 상황이 왔는데도
너희들은

옛날과 똑같은 짓만
되풀이한다

하늘은 병을 주고
더위와 추위를 번갈아
들게 하고
사방에서 썩고
때론
죽지 않는 생명들을 낳는다
다시금 진화하는
생명들도
늘어난다

나는
시뻘건 오늘 아침
먼동 밑에서
서서히
치솟아 오르는

시퍼런 혹은 시커먼
달을
느낀다

잉여의 소멸

덫이 사라진 덤이 끝나는
참
자유의 시작

참 자유인 공(空)
그리고
허무의 시작

어린이가 어른이 되었다.

여기에 참 길이 열리니

아직은
캄캄한 새벽

후천 시작하는 기축(己丑)이지만 아직은 그리움
어두운 어두운 새벽

여기
내 안에
참 개벽의 길이 열리니

우스웠노라
내 지난날이 너무도
우습고 슬펐노라

단 하나 그 어느 것도 예외 없이
이 길이 시작하는
첫 샘물들

똑 저 거대한 남한강의
첫 샘이 오대산 서대 우통수이듯

그 작은 우통수가
아득한 저 위대한 바다
항해에 이르듯

오오랜

회의와 고뇌의 나날을 지나
오늘 새벽
이 샘과
이 강과
저 바다와 대륙과 하늘과

그 모든 것이
영원히 무궁 무궁 무한 무극으로
합하여 빛나는
내
이 한 몸 안에

지금 이 시간의 깨달음이 있음을
알고 나니
도리어
우스웠노라

싸우고 또 싸우고
욕하고 또 욕하고
분노하고 이를 갈며 절교하고
때론
주먹으로 패고 발로 밟기도 하고

아

이 모든 날들이 슬펐노라

그러나
그러나

벗이여 젊은 벗들이여
나의 새날의
새벗들

오늘 이 어두운 새벽
홀로 깨어 일어나 다지는
이 외로운 다짐

다시는 그 누구에게도
어느 한 가지 잘못에 대해서도
빙긋 미소 하나로
치열하게 모심의 예절을
끝끝내
참선의 대인접물(待人接物)로
맞을 것을
맞으며 마음 커다랗게 깊이 깊이
비우고
또 비울 것을

다지는 이 맹세
보름달 밑의 열닷새 속에서

115

갓 피어나는
열엿새 초승달의
미소

모르겠노라

내 얼마만큼 그 실천을 이룰 것인지
잘은 모르겠노라

그러나 이제
가슴을 열고
저 아래쪽 컴컴한
내 회음(會陰)으로부터 올라오는
쿵쿵쿵
박동치는 새 생각들

어디에도 묶이지 않는
어느 하늘에도
귀속되지 않고 어느 땅에도 어느
옛 어른들께도 비롯됨 없는
나만의
우리만의
이 시절 이 땅 이 삶만의
생각과
기운

오묘한 오묘한 느낌, 빛, 숨결들

가만히 숨죽여

하나 하나

손가락으로 세며

삼팔동궁(三八同宮) 삼팔동궁(三八同宮)

친정(親政)과 존공(尊空)의 때

간태합덕(艮兌合德) 진손보필(震巽補弼)

바야흐로

내 시절은 이미 왔으니

이미

내 몸은 멀리

떠났으니

노겸(勞謙)이라!

하하하

공수신퇴(功遂身退)는 선세불벌(善世不伐)이라!

하하하하하

어째서

나의

한때 별명이

'또 삿갓'이었는지 알겠노라

여기에 참 길이 열리니

그 길을 걸어
그 길 밖의 아득한
흰 그늘의 길로 가는 길

아직은
캄캄한 새벽길
그 길을
지금 떠나기 시작하노니

하하하하하하하하

생각할수록
우습고

눈물 난다

내 필생은 결국은 결국은
한 잎의
초라한

그러나 이 세상에서 가장 가장
숭고한 씹 그림

그 하나뿐

기축(己丑) 2009년 3월 13일 새벽 6시 15분

일지매(一枝梅)를 보며

텔레비전 드라마
일지매를 보며
마침내
아시안 네오 르네상스
드디어
인고출신(人古出新)이

그래
본격화되는 것을 두 눈으로 본다
얼마나 기다렸던 일이냐
눈물 난다

눈물 너머로
프레임 다루는 감독의 머릿속에서
아
복승(復勝)하는
옛, 옛, 옛

당취(党聚)들의 꿈
금강산 지리산에 숨어 꿈꾸던

119

화엄선의 화엄선도의
중생 대해탈의 꿈
복승하는

일지매의 갸름한
흰 얼굴 위 그늘지는 칼빛 눈부신
조선 중후기 격동의
생기(生氣) 속에서
올라오는

요즈음 신세대 촛불의 좀비의 얼굴
시커먼 졸라 빨라의 막말 속에서
명멸하는
그들 나름의 화백 그들 꿈속의
신시 그들 손 속의
풍류

아까
KBS 젊은 기자에게도 했던
똑같은 소리

풍자를 앞장으로 해서 옵니다
그것은

단돈 일억에
이백만 대박 터트린
워낭소리라는
충무로 풍자를 통해

저희 엄마
파스꾸찌를 친구에게 부탁하는
검은 유머로부터
열립니다
그것은

그리하여 화엄을 개벽하고
개벽을 화엄하는
열여섯
젊은 여학생의 하아얀
촛불 춤에서

꽃피어
번질 겁니다

난
그때는
여기 안 있고

세계를 돌고 돌며

파리에서 피요르드에서
맨하탄에서 동경 북경 알마티 파미르와
캄차카에서
베트남의 후에에서
킬로만자로,
마추피추에서

노래 노래 부를 겁니다

나무를 물어라
풀을 올려라
돌은 돌같이 바위는 하늘같이
사람이 여기 서서
그곳 어기찬 서름을
풀어 세 겹이나
감아
노를 젓노라
옛 복희의 배를 결승을
기인 긴
암호 문자를
저 머나먼 우주 밖으로 보내노라
보내
아득한
새 세월을 안노라
나무를 물어 풀을 올려 돌은 돌같이
바위는 바위는 하늘같이 하늘같이.

이런

이 세월이 이제
어떤 이에겐 보이고
어떤 이에겐 안 보이는
옛 세노의
뱃노래가 아니기를

모심으로
비움으로
오늘 이리
빕니다.

그늘 진 사람들

그늘 진
사람들

그늘 진 그늘 진
사십 년 오십 년을 그늘 진
어둠 속에서
흰 빛을 찾아오는 것
오직 하나

좋은 세상 오리란
희망 하나로 살아온 가난한 사람들
그늘 속에서
내

내 혼자 오똑 서서
그들과는
사뭇 다른 사뭇 아득히 머언
꿈꾸는
내

내 길을 내 스스로
얼마나 수줍어하며 망설이며
조심 조심
걸어왔던가

어제

모심과 살림을 참으로
오랜만에 서로 결합시키는
한 글을 쓰면서

또
그리 살아온 한 분
위대한 부인을 모시면서
나 또한
스스럼없이 살아나
길바닥에서도 깨침에 깨침이
연속했으니

아

누군가
그분이 누군가

주옥경(朱鈺卿) 그분
세상의 큰 개벽 모심의 엄마
세상 살리는
깨침

그 자체

오늘
한 새벽에 일어나 앉아
이제 내가 갈 길은 오직

그러한
위대한 여성들에 의해
반드시 개벽되고야 말 화엄세상
그리는 글 쓰는 일
그뿐

사람은 얼마든지
가정마다 거리마다 이미 있다는 것

말할 필요 없다는 것
붙들고
지식인이라 자부하는
못난 잘난 이들 붙들고 말 파는 수고
더 이상 할 필요는 이제
더는 없다는 것

크게 깨쳤다
이제
내 갈 길이
참으로 외롭지만 참으로
결코 외롭지 않다는 것
그래서

혼자

혼자 얼마든지
심지어
나의 딸 고양이 땡이 없이도
나 혼자 얼마든지

생각하고 걷고 쓰고 그리며
가끔 익산에 가
가르치고 가끔 가끔은 오대산에 가
말하고

일산이든 배부른 산이든 어디에서든
연락은 오직
청산에게만 맡기면
내 일
다 끝난다는 것

크게 깨쳤다

'하늘에 떠가는 흰 구름아
이 세상 가없이 텅 빈 마음
홀로 가련다 바람아'

바람아
내 가슴속에 이는
미친 바람
지나간 삼십 년의 모질고

서러운 바람아

이제는 안녕
이제는
기쁜 침묵 속에
오로지

진리만이 나를 자유롭게 하리라
진리만이 참으로
숭고와 심오만이
나를

살릴 것이다

애오라지 나의 모심 그것
그것밖에는
내 살 길 없음

깨쳤다
오늘 신새벽에서
일곱시까지 오롯이
침대 위에 앉아.

그늘 진 사람들이 나를 쳐다보고 이제는
놀라지 않는다. 미소 짓는다. 이상스레
편안해한다. 하하하
마지막 웃음이다. 내 시에서 이제

헛웃음소리 사라질 것이다. 느을 느을
내 속마음 웃고 있기 때문에.

밖에서 땡이가 나를 부른다
느을 땡의 그늘
그 그늘 속의 흰 빛의 내일을
생각해야 한다.
괄호도 다 버린다. 바야흐로 내가 이제야
윤초(潤秒)의 뜻을 깨쳤다. 오늘 오늘이다.
결코 내일이 아니다. 지금 여기서 바로
사천 년 유리(琉璃)요 화엄개벽이다.

기축(己丑) 2009년 3월 21일 일요일
아침 7시 정각, 일산에서

우리가 그것을?

'우리가 그것을!'

사랑하는 사람
김기전(金起田) 선생 최후의 말씀

'우리가 그것을?'

평양 감옥 지하실에서
선생이
혼자 외쳤다는
이 한마디가
간수를 통해 나에게까지
온 것은 수십 년 뒤

우리가
(우리처럼 쪼각쪼각 흩날리는 사람 사람이)
그것을?
(한꽃 빛깔로 통일될 수 있다면?)

아

내가 이 말씀 전해 듣고
서대문 감옥 캄캄한 독방에서

울고 또 운 것은
감상이 아니었다
무슨 반공사상도 아니었다

단독정부 반대하러
월북했다가 김달현의 밀고로
체포돼 동지들 삼천여 명도 모두 체포돼
아오지로 어디로 강제수용소로
숙청돼가고

지하에 갇혀 고문 고문에도
한마디 투항 없이
빙그레 미소 하나로 버티던
선생이 마지막

허공을 보고 외쳤다는

'우리가 그것을?'

수운 시에 있다
'쪼각쪼각 흩날림이여 붉은 꽃의 붉음이로다
부슬부슬 흩날림이여 하얀 눈의 흰 빛이로다'

빨갱이 얘기 아니다
백색테러 얘기 아니다

나는 그 순간 이후
통일에 확신이 생겼다

전체주의 아닌 쪼가리 쪼가리 자유주의 아닌
개체 융합의
각지불이(各知不移)의

아아

월인천강(月印千江)의

화엄개벽으로 통일되리란
확신이 생겼다

그때가 언제였나
그때가 언제였나

나
그 이후

분명하게 너희들
좌익 민주화 비판하게 되었고
선명하게 그들
극우 파시스트들 철저히
더욱 철저히
반대하게 되었고

어물어물 구렁이 담 넘어가는

생명평화 주워 섬기는
자칭 중도
경멸하게 되었다

그리고
강화 무신정권 때
이규보 섞언 백성 무시하는
삼파 고려 관료들
혹독하게 풍자한 중
혜정(惠正)
그이의 당파선(鐺把禪)
비중이변(非中離辺)을 참다운
모심으로
모심으로 믿고
공부하게 되었다

혼돈의 시절은 또 오고 있다
올 초여름
올 초가을

삼각 또는 육각의
삼겹살 또는 육겹살의
몇 달간의
분쟁

이 반도와 주변
동아시아 태평양에 들끓어
신문명 복승(復勝)의

참 윤초가 있을 것이다

그때
혜정의 당파선
또 폭발할 것 꽃필 것이다
도리어
젊은 신세대 속에
촛불과 좀비의 저 작은 여학생들
아줌마들 쓸쓸한 대중들
비정규직들 속에서

다시금
'우리가 그것을!'

'우리가 그것을?'이 아닌 분명히
'우리가 그것을!'
소리가 메아리칠 것이다

나

이제
그날을 기다리며
'바람 풍(風)'

사람들이 그리도 기다리는
나의 새로운 시절로 들어간다

나의

사랑하는 사람 개벽동학의
김기전(金起田) 선생 최후의 외침
나의
존경하는 화엄불교의
혜정 스님 최후의 춤과 노래

'우리가 그것을?'
'비중이변(非中離边)의 당파(鏜把) 삼지창'

이것이
나의 이제부터의 비전,
이것이
나의 이제부터의 무기다

다만

나 희망하는 것은
나의 두 아들이
저 숱한 촛불 좀비들의 물결 속에서
그들과

함께 꽃잎처럼 흰 눈발처럼
흩날리며 당파의 서리빛으로
함께 함께
기뻐하기를.

기축(己丑) 2009년 3월 23일 아침 7시 30분

가는 것들에 대해서

아슬타
그때

그들이 모두
새벽 이슬처럼
투명하고 고웁던 그때

아슴아슴타

이제 가는 것들에 대해서
마지막 인사 하려니
유난스래
아름다운 아침빛

떠나는 길 위에
이슬 빛나는

아침의
그들
뒷모습
너무 초라하다

붉은
감옥의 창살에마저
그들 젊은 흰 빛이 얽혀
눈부시고

사형장 근처
마당 질러 출정 나가는
그 발걸음 한 폭
한 폭

흰 먼지 일어
햇살에 뽀오얀
그날 아침을

이제
그들 떠나는 뒷모습에서
어찌 잊으랴

못 잊는다
돌아올 것인가
어느 마을 후미진 우물가
문득 흙 묻은 농부 얼굴로
돌아올 것인가

아무도 그들
나무라는 이 별로 없건만
스스로 제 가슴을 치며
떠나는 그들

마지막으로
내 그들의 오랜
형님답게 한마디
읊조려
이별한다
잘 가거라

때는
태양도 달빛도
어기찬 바람도 못 막는 것
영웅인들
어쩌랴

한낱
풀잎이며 꽃이슬
한 여인의
문득 내쉬는 짧은 한숨
언듯 스치는
향내

그래
그런 것들만이
때를 바꾼다

이제 아는가
인간은
세상을 만들지 못하는 것

그것은
되는 것

그것을 그나마
바꾸는 건 힘없고
소리 높이지 않는 잔잔한
그늘

그나마
흰 그늘뿐

잘 가시거라
다시 오거라
다시 오실 땐 부디

자그막 자그막한
아기 걸음으로
사뿐 사뿐 오거라

그대들
첫 서대문 감옥
그 창살에
흰 뺨 비비며 눈물 흘리듯

아
그렇게!

기축(己丑) 2009년 3월 23일 낮 4시 30분,
작은 찻집 McNulty에서

청산(靑山)에게

아우야
너에게 내가
처음이자 마지막인

그래
편지 아닌 시도 아닌
한마디
짧은 넋두리를 쓰고 있다

지금은
밤

아까 너와의 통화 뒤
내게
외로운 내 가슴에
말할 수 없이 큰 평화가
광활한 바다 노을처럼 왔었으니

아우야
내 아우

청산아

내
전생 안 믿는 내가
전생 인연으로밖엔
설명할 수 없는
너와 나

이 해맑은 인연을
어디에도 자랑할 데 없어
이렇게
차라리 네게
넋두리한다

청산!

내겐 다섯 산이 남아 있고
나는 다섯 산에서 일어설 것이다
다섯 산에서 나는
화엄개벽의
우주와 세계의 참 평화의 길을
닦을 것이고 세울 것
빛낼 것

그럴 것이다

일산 익산 배 부른 산 오대산
그리고

너
청산.

너는 부디
익산과 부산을
가능하면 지리산 무등산과 유달산을
화개에서
전국에서
또 때로는 대전이나 청주에서도
빛내고 연결해라

너는
어김없는 갈 데 없는 타고난
산사람

그래서 오늘,
너는 나의 태산이다.
남조선 화엄개벽의
모심의
산

청산
푸르른 푸르른
새푸르른 우리의 산.

산에 올라

오래도록
호숫가
월파정(月波亭) 아래로만
걸었다

많은 것을 배웠다
달을 배우고
윤초를 배우고
가난한 창녀에게
있는 돈을 다 주고 그 여자의

더러운 병들
아랫두리를 핥아야만
화엄개벽이 비로소 옴을
배웠다

참말
배운 것이냐
분명히 말하라

그렇다
스승으로부터 배운 참말 배움이다

그러나
참으로 견디기 힘든
높은 코 검은 챙 아래 허어연 복면
나치스 군대처럼 행진하는
사나운 사나운 엄마들
파스꾸찌들 때문에
참으로 견디기 어려운.

그래
어제 그제 그끄저께
나는
나를 부숴버리는 한이 있어도
제 아이 씹어 먹는
고르곤을 위해
월파정 아래 깃들지는 않으리라

눈물로
맹세했다
나는 그 검은 엄마의
칼에 찢긴
오래고 오랜
송장

눈에
빠알간 꽃 한 송이 보이고

귀에 옛 이미자
산에는 진달래 들엔 개나리
벽암록(碧巖錄)을 여니
백장독좌대웅봉(百丈獨坐大雄峰)
여러 해
숨 가빠 못 오르던
정발산(鼎鉢山)에
오른다

작은
진달래 하나 피었다
새 울고
바람 분다

내
어릴 적 호적 이름
영일(英一)이.
꽃 한 송이다.
그 꽃피는 산. 나직하지만
독좌대웅봉(獨坐大雄峰)

하루 일 안 하면
하루 밥 먹지 말라는
백장 스님 말씀이다

허허

이제야

내 자리에 올랐다

내 안에
작은
애잔한 꽃 한 송이 피었다
내 어린 날
예쁜 꿈속으로 돌아왔다

언젠가는 다시
월파정에 간다
호숫가 물 위의 푸른 구름들 볼 것이다
그때
코 높은 파스꾸찌
있어도 없어도 좋다

내 이름이
영일.
이제는 더 이상 '지하'가 아니라는 것.

내 필명(筆名)이
묘연(妙衍).
오묘한 연못이라는 것. 그리고 건방지지만
일은 실컷 하되
조용히 숨어 산다는
노겸(勞謙)이 내 마지막
아호(雅號)라는 것.

참

오랜만에 앉은
마루턱 벤치 곁을
높은 코의 파스꾸찌들 가끔 지난다만
진달래들이
웃음 짓는다

됐어.

나의 두 아들에 이어
나 또한

됐어.

아이 손 잡고
병든 여인 임산부 한 사람
천천히 지난다

나
얼른 일어나
고개 숙이고

산을 내려간다
아직
대낮인데도.

기축(己丑) 2009년 4월 5일 낮 3시 정발산에서

바람 풍(風) 28

내 이름이
지하

모두들 지하실이라고 불렀다
어떤 외신 기자 왈

'헬로
언더그라운드 킴'

그 지하가
이제 천하가 되었다

가는 데마다
원로 대접
원로는
예부터 바로 천하

세상이
어찌되었나
내가 다시 태어났나

오늘
아내가
내 곁을 떠났다

아마도
어느 시골 한적한 여관
가난한 침대 위에서
울고 있을 것이다

어제 그제
제사 지내다 내가 한 말

'귀신보다
사람이 밥을 먼저 먹어야지
잘 알지도 못하면서!'

한마디에
절망한 듯

어찌해야 하나
어찌해야 아내를 안심시켜
다시
내 곁에 오시게 하나

150   바람에
알린다

바람

날 도웁구려 바람

당신은 옛날
제갈량도 도왔소
나
여기

무언가 해보려고 애를 쓰다
이리 지쳐서
천하 아니라 다시금 다시금
지하로 떨어져
죽을 지경이오

바람아

어찌되었건 내 아내의 귀에
내가
당신을 존경하기보다

더 깊은 곳에서
깊이깊이
아끼고 사랑한다고
바람아

내 이제 다시는
모난 소리
않겠다고 바람

어디쯤
천안 어디쯤
안성 어디쯤
아닌가

내 팔의 가운데 어디쯤
푸른 정맥이 솟는 데 거기 어디쯤
당신
울고 있구려

내 이제 바람 따라
천하도 지하도 아닌
배부른 산
무실리(無實里)

거기
당신과 함께 살리니
돌아
오시오.

바람 풍(風) 29

나
여기 있어요

자그마한 인천 항구 근처의
모텔
한 방

고기잡이 불들 켜진 바다 보이는
여기

한 설움 속에

어려서부터 나는 끝없는
꾸지람과 타박 속에
살아와
이젠
나 우습게 아는 그 어떤
한마디도
지옥의 소리라오

견딜 수 없어요

나
돌아가지 않아요
그러나

결국은 돌아가요
당신 때문 아니라
당신의
포부

이 세상 화엄개벽의 길
모심으로 가려는
당신의
비통한 꿈
그 때문에
돌아가요

오늘 밤쯤 아니면
내일 아침쯤

기다리진 마세요
바람이

당신 얼굴을 그리네요
아무렇지도 않은

전처럼

엄마 사라진 빈방에서 울던
애기 때처럼
그리
울지도 않고

감옥에서 오소소
쫄아든 눈빛도 아닌

그저
멍멍한 그러나
바람 스치는
그 바람

작은 풀잎들처럼 다소곳한
바람 보이네요

아

갈게요

당신 아니라 그 바람에
눕는 그 김수영 시인 같은
못난 풀잎을 보고
돌아갈게요.

바람 풍(風) 30

나에게
널 보여줘

너의 아주 좋지 않은 점
보여줘
그 뒤에도 내가 널
여전히 좋아하는지 어떤지 한번
보게 보여줘
응

나는 그것 없으면
지금의 이 절망
넘기 어려워

어디서
벼락 안 떨어져
어디서 구원의 소식 올
까닭 없어

만날 보는 너

네 얼굴에 한순간
너의 정말 꼴 보기 싫은 게
확 드러나
그걸 보고 놀란 내가 도리어
널 사랑할 수 있을 때

그때
나는 나를 이겨낼
힘이
내 밑바닥 저 아득한 혼돈 속에서
올 것 같아

정말

정말이다
바로
지금 보여줘

응.

이 세상 끝에는

나
이제
밤마다

스물여섯
결핵요양원 있을 때부터 지금
예순아홉까지
똑같은 생각 밤마다 한다

이 세상 끝에는
무엇이 있을까

끝이 없는가
끝에는 아무것도 없는가

내가 이제껏
참으로
서러울 때마다

생각하고 생각했던 것은

이것

지금
아직은 추운 봄날
아무도 내 곁에 없는 오늘 같은 날

누가
누군가 내 곁에 있으면
좋겠다 싶은
누가

그 누군지 알 수 없는
길고 긴 세월

이 세상 끝에는 누가 있는지

아들아

지금 런던 하이버리의
하숙집에서
돈 아끼느라
굳은 빵 뜯고 있을 나의
작은 아들아

다 늙은 이 애비
한 달에 한 번 대학에서
특강으로 겨우 네 학비 버는 나날

너
애비 생각하며
딱딱한 빵조각 씹으며
이 세상 끝에는
무엇이 있을까
예수가 떠난 그 호숫가
마지막에 온다는
그

기이한 안개 같은 것
오로라 같은
사람들

아들아

나 지금 홀로 속으로 울며
네가 내 곁에
마치 이 세상 끝에처럼 앉아 있다면

더 이상
세상에 대한 불길 같은 원한도 치욕도
두려움도 아무것도 없겠구나
작은 아들아

너
이 애비 한스러운
가슴 때문에 미쳐
발광할 때 발 동동 구르며

너 나 때문에 울며 울며

아버지 아버지 아버지를 부르며
뇌 반 이상이
마비되어갔지
아들아

아

더 이상은 세상 원망 않고
너만 생각하며
살고 싶다

사람은 누구나
한 가지 사랑으로 만 가지
불행 잊고 산다더라

이제
네 얼굴 다시 떠올리며
네 동생 고양이 막내
밖에서 우는 소리
가만히 들으며

바람에 바람에
창문 덜컹거리는 소리 들으며
누워서
운다

삶은
모를 것

이 나이에
옛옛
스물여섯 살
결핵요양원에서처럼

머리맡에 푸르른
예수 플라스틱 발광체 보며
인생이
무엇이냐고 밤새 묻던 것처럼

묻는다
아들아

삶이 인생이 과연
무엇이냐

이 세상 끝에는
무엇이 있는 것이냐

예수를 깊이 믿는
너는
알지?

가르쳐다오

나는 모른다.

벽암록(碧巖錄)

내 재산은
벽암록 한 권뿐

내 인생도
벽암록
한 권

그뿐

나머지 덤 같은 건
있지도 않았고 바라지도 않고
있을 것 같지도
않다

설명하지 말라
아는 체하지도 말라

나는
내 식으로 산다

기나긴 먼지뿐의 길

이제껏
혼자 걸어왔듯
혼자 간다

와서
걱정하는 체
우울한 얼굴 짓지 마라

내
한마디는
이것뿐이다

'너나 잘하세요'

사면팔방
위아래를 봐도 벼랑뿐

내겐
낭떠러지뿐

거기 서서 기댈 건 단 하나
벽암록
한 권

그래
다시 말한다만

'너나 잘하세요'

시호일(是好日)

是好日
日日是好日

나날이 다 좋은 날

운문(雲門)의
말

오늘은 더욱이
내 병의 원인인 노여움이
나쁜 엄마 때문임을
확연히 알고

오늘은 더욱이
그것을 고치는 길은 이 세상이
착한 엄마의 세상이 되도록
노력하는 것임을
깨닫고

그리고

낮에는
누구도 안 가는
호수공원 뒷길
할머니들만 다니는 곳을 갈 테다

월파정도
먼 데서만 보고

바람이 오는 쪽
서쪽의
머언 바다 그 그늘진
깊이 가까이

내 마음 보내는 것

그다음
또 그다음
엄마의 참 좋은 우주 엄마의
부처님 같은 텅 빈
마음 생각하는 것

是好日
日日是好日

나날이 다 좋은 날.

너무 일찍 일어나

너무 일찍 일어나
실수투성이 지난날을
다시
되풀이하려는가

너무
고통스럽게
너무 안쓰럽게 너무너무
마음에 안 들게
그리
살아왔다

안다
내가 나를 안다

이제 한고비 넘어
시커먼 달의 물개현상 넘어
내 길 가려는데

이것은 또 웬 고개인가

나는 이것을
다시 견딜 힘 없다

아니길
바란다
그것 애길 천만 아니길
울며 바란다

천길 만길
낭떠러지라 해도
그것만 아니라면
간다만

그것이라면
또 그 시커먼 엄마라면

차라리
나를 산산이 부숴버리겠다
결판은

새벽 두시

단 한마디다.

나에게 돌아온 나

나에게 돌아온
나

영일

꽃 한 송이 영일(英一)

이제
내가 나에게
내 이름을 부르며
반갑다 미소 짓는다

내가 나에게 돌아왔구나
몇십 년 만이냐
나

울며 이를 갈며
그럼에도 자신 없어 고개 숙이고
긴긴 세월
짓밟히며

나
나와 헤어져
지하에서 살아왔다

나
오늘 아침
어째서 내 호가
노겸(勞謙)인지
또는
때때로 묘연(妙衍)인지 깨닫는다

그럼에
이제
영일(英一)이 나 자신임을
비로소 깨닫는다

본디 자기 자신에게 가는 길이
이리도 멀고 어려운가를
망연히
입을 못 닫고
생각다가

문득
우리 땡이가 땡이를 떠나
제 자신으로 돌아가는 날
제 고향 가는 날
가까움을

그 길에
내 길이 겹침을

안다
안다

그리고
조용히 창을 열며
아침
정발산(鼎鉢山)을 향해
운다.

오래 못 가던 산아
오늘

내 천천히 걸어서
네게 간다.

아버지
산에서 꽃이 피더이다.

무엇이 나를 묶는가

興
—
110

아내에게
당신 충고대로
한 친구에게 이리이리 했더니
그 친구 홀딱
감동해
했더니

아내 얼굴에 그 순간
승리에 취한 마귀가 떴다
모처럼
낮잠 자는데

일 년 동안 없던 꿈이 보이고
꿈에 시커먼 내 엄마가
내 손을 붙들고
끝내 늘어진다
174
깨고 나니

문제는 아내의 그 표정이다
문제는 나의 그 태도다

문제는 그녀의
그 충고다
그 충고에 대한 나의 그 태도다

그래
이젠 끝났구나
내 엄마의 검은 억압이
꿈으로까지 떴으니
끝났으나

새로운 억압의 가능성이
또 시작하는구나

오로지

알았다 오로지 오로지
내 안에 꽃 한 송이
나 자신의
엄마를
키워라

그때
그 작은 한 송이 내 안에
피어날 때

아내 역시
새하얀 이씨스 여신이 되리라

오늘

무엇이 나를 묶는가
알았다

이제
점심을 먹고
천천히 걸어

산에 올라 작은 진달래 한 송이
내 이름을
보고 올 일이다.

기축(己丑) 2009년 4월 6일 낮 12시

내 마음 호수 같기를

내 마음
호수 같기를
늘
빈다만
느을
시커먼 진흙탕
아니면 뿌우연
비하늘이다

내 마음 한복판
금각에 머물던 한올
이젠
내려와
발끝 언저리 휴지처럼 흩어져

뒤웅박 같은
깨어진 쪽박 같은 삶들
흩어져 누운
지하도

한 푼 줍쇼 손바닥 위에 앉았다
푸르른 빛 한줄기 뿜으며
상큼 뛰어오른다

한
예쁜 열여섯짜리
여중생
천 원짜리 퍼어런 놈
살풋 놓고 가면서다

절름거리며
예순아홉의
마음 안에서
작은
꽃 한 송이 핀다

꽃 안에서
푸른
별 뜬다

내게
지나간 날의 유년이 모두 모두 다
한울이다

지금 나는
개벽 중

내 마음 호수 같기를.

이 믿음으로 끝까지

나는
오늘

한울을 안다
이 앎이 곧 모심임을
안다

나 이제
홀로 어두운 길 가겠다
외롭지만
든든한

이 앎.

참으로 오랜만에

만 열아홉 가을
사일구 때 서울농대 연극 공연의
밤
한때

한없이 머언
흰 그늘의 길
걷다
그치고 문득
돌아온 뒤

나
이제 두번째로 그친다

이 그침
동방 사람의
삶의 길임을
이제야
안다

'모시고 비우고 그리고'

다시
첫 샘물자리

열다섯 내 마음의 지도
배부른 산 무실리

거기 간다
이 믿음으로 끝까지 간다

한울이
모든 이 모오든 사물에게도

열리는 날까지.

기축(己丑) 2009년 4월 7일 새벽 2시

없음

나에겐
돌아갈 땅 없다
돌아가
만나볼 이도
만나볼 무덤의 풀 한 포기도 없다

나에겐
없음

이 없음뿐
돌아갈 곳 없다

마음대로 하라
찢고 싶은 대로 나를 찢어라

나는

없음

없음을 어디 한번
실컷 찢어보라

떠가는 하늘의 떠가는 구름
떠가는 물 위의 떠나가는 한 포기
풀

그뿐.

나는
없음.

없음이 참
내
고향.

아
돌아왔다.

바람 풍(風) 3

짧은
한소리 바람 앞에

여지없이
풍(風)
오는 명박풍(明博風)
가는 것을 보았구나

'바람에 풍(風) 간다-'

내
오늘
별 해괴한 풍경(風景) 다 보았네

귀신
서푼짜리 도깨비도 못 되는 놈

귀신 한 놈이 반짝반짝
내 곁에 다가와서

오백 원짜리

엽전 열 개를 내놓고서
떠억하니
가라사대

'이번만 봐주시면
다시는 엠비 지지 안 할라요'

– 넌 뭘 하는 귀신이냐?

'엠비 거짓말 담당이오.'

– 임마 너 이 자식아!
   네가 그놈의 747이로구나!

'예이이아-'

– 뜻을 당장 밝히렸다
   안 밝히면 죽죽 찢어서
   똥간 휴지로 쓰것다

귀신이란 놈이
꼴같잖게
품바 타령조로 넘어간다
'예에이 넘어간다
일곱이라 하는 것은
육이오 때 안 죽은 놈이 일곱이요
넷이라 하는 것은
죽을 사 자

185

넉자배기
나머지 임기가 죽을 맞이요
또 일곱 ·
칠이란 것은
칠칠이 미친년 하나
막판에 나타나서
다 해먹을 운수가 그것이요
에에이
넘어간다'

- 임마 그런데
  왜 거짓말했어 임마
  근사하게 꾸몄냐 왜 그랬어 임마!

'칠에서 사 빼면
삼인디
삼에다 칠 보태면
십인께
씹 아니겠소. 잉!'

씹이라!

음매야
내 새끼야

인자 알것다 이 씹할 놈아!

바람 풍(風) 5

시커먼 흰 난(蘭)
한 포기
치고

떠난다

참
오래도록 참았던 흰 눈물
이제 검은 회한 밑에서 펑펑
쏟아져 나와

참
내 길 여기 있는 듯

간다
후회 없이 미련 없이 간다
바람 풍(風)의
길

나의 본디의 한 백성의

이죽이는 껄껄 웃어대는 날카롭게
너를 능치는.

바람 풍(風) 6

내 좆이
몇 개인지 세어보니
팔만 사천 개 하고도
아흔아홉 개

왜 이리 많으냐
물었더니
이 세상에 들어갈 구멍이
그만큼 많아서라

아아
바쁘다 바뻐!

어느 해
어느 날에야
다 마치고 내 고향
무덤에 돌아갈까

태양이 서쪽에서 히죽
웃는다

좆컸다 이 씨팔놈아

조심조심 안 모시면

썩는 수

있어

이

Zolla BBalla야!

- 꼭 내가 누구 닮았지?

- 누구?

- 평양에서 제일 바쁜 놈!

- 장군(張君)?

- 맞어.

(훗날,

이 대화는 CIA 휴민트에 걸려

씨진트로 확충(擴充)되어

전 세계에 축적 순환(蓄積 循環)하는

환류대장경(還流大藏經)이 되었다고 그저께치

불교신문이 발표했것다.)

세상은 몽땅 불교판

포르노마저

화엄경!

(아아

살맛 나안난다!)

기축(己丑) 2009년 3월 24일

바람 풍(風) 7

내가
어제
너를 너라고 불렀음을
깊이
후회한다

MB

그럼에도 오늘 또
이렇게 부를 수밖에 없는
나를 내내
슬퍼한다

MB

그러면
묻자
네 이름이 무엇이냐

MB가 아닌

BM?

BBM? BBBBM?

BBBBBBMMMBMBMB?

?

(바람 속에 누군가 오고 있다. 쥐?)

바람 풍(風) 8

네가
무엇을 보든

이건
내 꺼다

무엇을 보든 다 내 꺼다

그러는 걸
나는 다 보고 있다
휴민트를 통해서 다 듣고
다 감촉하고 있다

엉터리 생물학자 다윈의
엉터리 계승자 윌슨의
또 더 엉터리 거간꾼인
너의 그 엉터리 이론을
나는 그동안

다아 다아 다아

꿰뚫었다

너 이제
조심해야것다

첫째
네가 예수쟁이라는 것
그건 네가
사기꾼이 아니라
공작원이란 증거라는 것
다아
안다

둘째
네가 조선일보 휴민트라는 것
그건 네가
공작원만 아니라
이데올로그라는 것
다아
안다

셋째
네가 지금도 내내
환경운동연합의 멘토
생명 멘토라는 것
그건 네가
이데올로그만 아니라
정치꾼이라는 것

내 다아 다아
안다

공작원 이데올르그 정치꾼이니
삼결합 원칙.

뉴저지 다운타운
헬몬빠 삼층 두더지 구멍 와인 코너
허

HUR라는 검둥이가
연락책이지?

그곳
생물접속원리가
삼결합.

맞지?

너 말고도 케냐에서 온
엉발리와
몽고루야가
또 하나는 뚜냐이 이 수우이
집사지?

몰몬교(敎) 집사!

내 다아 안다

너희들
거기서
통섭론 정치 제패 위해
두 달 보름 간격으로
접선하는 것

내 다아 다아 다아
투시해서
안다

안다면
아는 줄 알라고!

원효 공부하랬더니
공부한답시고 조선일보에 또 쓰고
세상 겸허하게 예절 차리랬더니
요즈음은
절에까지 가서
부처님 앞에 향 사르더라
그렇게까지야
허!

HUR라는 검둥이가
웃더라
그렇게까지 할 것까지야!

나한테
겁먹었구나!

이제
이 바람 풍(風) 8 보고 나면
네
엉터리 중도도
그나마
끝이다

넌 이제 어떻게 할래?

갈 곳 없을 때
사람은 한강 다리에 선단다
거기로 갈래?

바람 풍(風) 9

구구 팔십일

이는
민족의
동북아시아의

나아가 온 세계와 지구와 우주의
깊고 또 깊은
저 무의식 속의
허공
거기에

우리들 고향에 갈 노잣돈

천부(天符).

내 똥구멍에다 천부라 써서
천부(賤富)가 되고자
지랄하는 중
아니다

그런 게 아니라
천부(天賦)의
도적놈
MB와 장군(張君)과 그보다
더 흉측한 촌놈
웬
동물원(動物園) 사육사 한 놈이 나서서

이제
내 똥구멍에다
'생명평화 영세불망비'
세우고는
천부(賤富)가 되고자
발광하는 중

한 놈도 아니고 팔만 사천하고도
아흔아홉 놈
떼지어
이젠

화엄(華嚴)개벽 장사 나가자고
내 똥구멍에다
저희 놈들 다 시든 좆
좆
좆들 들이대는 해와
달과 별과 안개띠들 유성들
모두 놀라는 칠월 윤초(閏秒) 때
내 똥구멍에다

한 사발
술을 떠 바치고 저희 놈들
다 썩은
회음(會陰)에 다 꺼진
촛불 켜는 날

올해
구월 이십팔일 밤
아홉시 삼십이분 정각에
보자

어디 너희 놈들이 과연
사람인지 마귀 새끼인지
보자 한번 보자
허허허.

기축(己丑) 2009년 3월 26일 새벽 6시 정각,
묘연거사(妙衍居士)

바람 풍(風) 10

이제
겨우
씹자리에 섰네

송 교수

두 송 교수
청주대학(淸州大學) 정역(正易) 송재국(宋在國)
서울대학(大學) 호혜(互惠) 송호근(宋浩根)

나 이제 가까스로
십무극(十無極) 근처에 왔네
'발기 뚝-'
소리 새벽 허공에 울리며
이제야 천행으로
우주 씹터에

와

신나게 수음(手淫) 즐기네

청주 송씨(宋氏)

당신은 오월 부산에서

캄차카 이뗼멘을 신화

칠천 개로 멸망에서 구하고 또 머나먼

몽골 토토탱그리 바이칼 알혼에서

불함문화(不咸文化) 들어 올려

남조선 흰 빛 속에 비추이고

서울 송씨(宋氏)

선생은 가을 서울에서

우리 옛적 아시아 옛날 아득한 인류의

호혜시장(互惠市場) 신시(神市) 컨셉터로

세계문명의 그림자

빛으로

들어 올려 민족이

다 함께 똥구덕에서 나오도록

그리 해줍세

비나이다

나 이제야 한울에

우리 할맘

우리 부처님

우리 딸 고양이 땡이 눈앞에

나라의 자랑인

붉금

산 위의 물

내 자랑스러운 이름
묘연(妙衍)을 걸고
춤춘다

'품바 품바 들어간다
작년에 왔던 각설이
죽지도 않고 또 왔네
어어 씨구씨구 들어간다'

에헤이이이이

밥 한술 줍소-

바람 풍(風) 11

십일쪼
헌금 같은 것
내본 적 없소

십일쪼 시비쪼
부자세 신설 같은 거
생각해본 적 아예 없소

이거 다
무슨 귀신 씨나락
까먹는
소리
?

내 얘기 아니라
소망인지 똥통인지
하다 만 신정교회(神政教會)
한
미친놈 집사가 어느 날
정신과 의사 앞에서

악써
기도하는 소리라오
무슨 뜻인 줄 알겠소

'나는
미국놈 파스꾸찌 예수쟁이 아니오'

'나는
요즈음 미국놈 신(新) 빨갱이 아니오'

'그러니 나는
틀림없는 새 미국놈
오바마 중도파(中道派)
히히히
〈마바오〉라오 히히히히히'

(소망에 올라가
투신 자살이나 해라
– 김하늘이란 이름을 가진
  정신과 의사 처방전 왈)

바람 풍(風) 12

나는
나대로 갈 테다

바람 부는 날
안 그러면 어쩌게
안 그러면
넘어져?

바람은
서쪽에서 불고 동쪽
남쪽
북쪽에서까지 불어

사방팔방이 난리판에
하늘땅
상하만 열렸네
내 안에
섰어

넘어질까?

자신 가지게 여보게
죽어도 안 자빠질 테니
똑바로 걷자구.

바람 풍(風) 13

내 벗이
몇이냐 하니
수석과 송죽이라

그거 옛말인데 지금도 그러하다
지금은 내 벗이
하나도 없다만

이제부터 오는 날
오늘
지금
새벽 6시 40분 2009년 3월 27일

그렇다
기축(己丑)

예정된 개벽.
내겐 지나간 쓰라린 외로운
단 하나의
사람의

산(山)
그뿐

네 개의 돌산(山) 그뿐.

어디에?
정감록에 격암에 그 외에도 여러
여러 비결들에
심지어
天文에

어째서 나의 고독이 그리도 필요할까
외로워야
바른 길
지금은
그런 때

자
이제 열린다

지금
조금 있다 일곱시
전화가 올 것이다
아니
전화를 할 것이다

멀리 있는 아내에게
'안녕

잘 주무셨수?
땡이도 잘 있수?
난
잘 잤수.'

(아무 말 마라
아무것도 안 같은 이 인사가
참 새날의
시작.
오늘
개벽 시작된다
내가 미쳤지?
아암—
그러나 지금 막 정신병원
예언자병도 졸업하는 길이다
마지막으로 한번 크게 웃자!

허허허허허.)

바람 풍(風) 14

예언자병은
계시 들리고
한울에서 들리고
끝없이 세상을 욕하는 병
한없이 세상에서 욕을 먹는 병

그거
어째 그렇게
똑같이 내게 일어났을까

우리나라
본디 예언자 많았지만
기록엔 다아
삭제됐지
미친놈이라고 썩은 놈이라고 똥친 막대기라고.

우리나라
동아시아
예언자 전통 없었거든
하늘과

임금 사이만
열었었거든

그런데
이젠
그 시절 아니니까
예언자병이 나 같은 밑바닥한테서
슬슬 나온거지

벌써
고려 말부터 있었던 병
아니 아니
병도 아니지

내가 나를 몰랐던 긴 긴 세월
유일하게 날 알았던
이부영 선생께
아침

9시 30분쯤
감사 전화나 올리자!
허허
드리자!
허허
하자!

이제 완전 졸업이다
왜냐면

이젠 '바람 풍(風)'과 '신'이
시작하니까

산숭해심(山崇海深)의 길
참말의
괴(怪) 없이 못 가는 그 길 이젠 할 수 없이
가야 하니까 또 가야 하니까

병으로 미쳐서는
못 가는 길이니까

맨 정신에 말짱한 한울이 부처가 함께 가야 하니깐
허!

바람 풍(風) 15

이, 이, 이
개 같은 님들아
이제

오늘 아침부터
개들을 모두 개들이라 부르마
이, 이, 이
님들아
보라

날은 밝아오고
너희들은 아예
길바닥에서 벌벌 길 터이니
내가
서둘러
욕할 까닭 이젠 없구나

215

이, 이, 이
님들아

실컷 짖어대며 기어라!

- 기어서 남 주냐?
- 기어서 남 준다!
- 누굴 주나?
- 북쪽의 한 미친놈도 주고
  남쪽의 한 초친놈도 주고
  동쪽의 한 입삐툴이도 주고
  서쪽의 한 꺼먼 놈도 주고

또 더 나아가
짱괴놈도 로스께 놈도 주고.

- 육자 급식 하는 거냐?
- 암암암
  호혜시장 신시하는 거다

- 남는 건 무엇이냐
- 증산 말마따나
  다섯 신선 바둑이니
  이젠 남북의
  님들이 벌떡 일어서
  참말
  님 되는 일만 남았지.

바람 풍(風) 또 15

나 이제
가까이 간다

추사(秋史) 당신 맘 안 들던 거
이삼만(李三晚)이 욕하고 능파(陵巴) 스님 욕하고
그리고 또 제주도 앉아
서울에서 온갖 양념에 갖은 음식들
다 내려다 먹고

그거
넘어서는 지경
거기 가까이 간다

자신 있을까 자신 있을까
있어!

없으면 나 이 길 안 가! 못 가! 절대로 그만 가!

이제
바람이 제대로 분다

창문 여니

꽃샘 미친 꽃샘 끝났다
이제야 참 윤초(潤礽) 시작!

이제야
내
한 폭 불이선란(不二禪蘭)
그보다 훨씬 윗길 화엄란(華嚴蘭)
화엄개벽란(華嚴開闢蘭)
그 모심의
란

이미 나왔지만
또 나오고 또 나와 허!

나 이제
이름이 춘사(春史)야
완당(阮堂) 아니라 개당(皆堂)이고 정희(正喜) 아닌
서희(庶喜)고
세한(歲寒) 아닌 윤초(潤礽)라네

자네보고
자네라 하네
허!
(마누라가 시에서
헛웃음 치지 말래서 이래
허!   -안 웃을 수는 없고)

바람 풍(風) 16

한없이
나는 시달리고 있다
어디를 가든

참으로 징그러운 참으로
쌩목 노랑목 간드러지고 혓바닥 소리
참으로

가슴이나 아랫배와는
아무 상관도 없는 썩은 소리 썩는 소리
색 쓰는 소리 소리에

끝없이 시달리고 있다
내가 지금
제 정신을 차리고 있는 것은
거의
기적이다

랩이라는 이름의
건들 건들 건들

모가지만 건들거리는
송장 소리도 있고

락이라는 이름의
송장끼리 씹하고 뻑하는 소리
팝이라는 이름의
물건 사라고 악을 악을 써대는
방귀 소리

다 있다
음악이 썩으면 천하가 망한다 했다

가는 데마다
그렇다

들뜰 대로 들떠
더 이상 뜰 데가 없는데도
한없이 뜨다
쾅쾅쾅
대가리를 천장에 깨트리고 떨어지는
소리까지도 이른바
음악이란다

나
오늘
바람이 바람을 부르는
꽃샘이란 이름의
소리 속에서

삼월이 가기 전에
이 온갖
소리라는 이름의 지옥을
벗어나기 전에
이 갖은
멋이라는 이름의 백화점을

밑으로부터 솟아나는
아랫배 소리 단 한 번
워낭소리의
하이얀 늙은 소의 눈물 같은
옛날
수리성 같은
적어도
이전
문주란이 같은
그런 참 윤초(潤物) 바람 하나
'바람 풍(風) 20번'으로 하나
쓰고 싶다

써서 써 붙이고 싶다
신문이든 잡지든
텔레비전 라이오든

그래서
거기에 화가 난
어떤 년놈이
참말 화가 나

아랫배로부터 밀고 오는 소리

'씨팔놈!'

한마디를 듣고 싶다

아

안 될까?

멕널티
작은 찻집을 나서며
꽃샘도 아닌 삼월 동지 한바람
추위 속을 나서며
중얼거린다

참말
안 될까?

바람 풍(風) 17

솔이
이 봄에
푸르고 푸른 것이
별
값을 못 받는 까닭

늙은이가 처신에
신경 쓰는 게 도무지
감동 따위와는 거리가 먼 그 까닭

아랫배 밑에
깊이 숨었다 떠오르는
지리산 더늠이 이제 와
무슨 뜻인지도 모르는

그 까닭

내 앞
저 건너 쪽 호숫가
월파정(月波亭) 밑 벤치에 대낮 1시 20분

젊은 애 남녀 둘이
내가 빠안히 보는 앞에서
빨고 핥고 주무르고 껴안고
히히낙낙
지랄발광

아주 조오타!

개나리 진달래 버들꽃이
어딜
솔 눈치 보던가
좋긴 좋다만
어딜
좋기만 그래 그저 좋기만 할까
쾌락 뒤에 오는 건
허무
권태
짜증
미열
텅텅 빈 호주머니
오슬오슬
한기

어디서 제일 먼저
바이올린 켜는 소리 들리고

어디선가
호들갑 떠는 풍각쟁이

품바타령
풍물이며

아예
절 근처도 아닌데
범패까지 들려온다
웬일인가

젊은 애들 둘 다 헝클어진 머리로
퀭한 두 눈에
머얼건 시선에

저게 웬 귀신들인가
저게 웬 기미년 삼월 일일
만세 소린가
그런가

나 이제 벤치에서 일어나
삼월의 한 봄날
기인 긴 해그림자 뒤를 밟아

호숫가를 걷는다
모든 것이
있다
그러나 모든 것이 썩었다
이제 더 이상은
부서질 것도
없다

열다섯 열여섯
여학생들 낄낄대는 웃음소리가
뚝
천년 묵은 마귀 새끼들
걸걸대는
가래 끓는 소리
똥구멍에서 침 흐르는 흰
거품 같은
눈빛들

아예 이 세상은
안중에도 없다는 그 애들 눈에

보았다

순식간에
눈물 고이며

가슴 밑에서 터져 나오는
울부짖음

엄마아-

이제
나는 안다

그 애들 가슴에 없는
그 엄마 때문

그 때문임을

솔이
제값 못하는
나이가 밥 먹여주질 못하는
장바닥
가격 현상 때문임을

이제야
똑똑히 본다

흰 구름이
호수 속에서 시커멓다.

바람 풍(風) 18

나는 오늘
다섯 번을 혼자 울었다
나이
칠십

지나온 나날 지나온
모든 세월의 어두운 불행이
다 터져 나와

눈앞에서
마치
곱사처럼 일그러진 모습으로
춤추는 걸 보고
울었다

울음울음 사이사이로
허허허
끊임없이 웃는다

미쳤는가

나는
미쳐 이제는 그만
누군가
젊은 놈들 술 처먹다
씹어대는 욕질처럼

뒈져
뻗어야 할 나이인가

나는
두 번 세 번
네 번씩 이미 죽었고
이미
다섯 번
여섯 번씩 장례를 치렀다

그것은
어두운
그들
젊은 놈들
자칭 똥파리 좆같은 것들 아가리
파스꾸찌 빨갱이들 아가리 속에서다

그거
무어지?

파스꾸찌는 돈 장사고
빨갱이는 아가리 장산데

그게 도대체 무어지?

모르는 소리!

이 땅에선 그것들은
본디부터
한통속

한꺼번에 천당 지나 직행으로 지옥 갈 년놈들!

이젠
내 입에서
욕도 사라지고
미소만 감돈다

바람 풍(風) 때문이다

나는
기인 긴 앞날을
더
빳빳한
목줄 위
심줄 파아랗게 살겠다
내 스스로 좆대가리 거리에 펼쳐놓고 나서
내 스스로 여자들 털보지 핥아대며
빨아대며
엉엉엉 소리 내 울며 그만
눈물

그친다.

바람 풍(風) 19

짧은 바람도
바람은 바람

스위프트는 가라사대
제일 좋은 풍자는
제일 짧은
풍자

바람 같지 않은 언뜻
스치는 불빛 같은
한두 마디

가장 좋은 칼날

난
그걸 꿈꾼다
만날
못하면서도 꿈만 꾼다

나의

이런 바람 짧음이

그 바람.

내 무덤 위에는
풀도 안 난다
침도 뱉지 마라

매일
누구 씹을 줄만 아는
매일 매일
좆도 안 서는데
씹만 씹만 골라서 하는
누구 욕할 일만 내내 생각하는
내 입술 안에
배암을
넣어라.

끝!

끝이라 말하고도 그치지 않는
뱀의 이름은
바람
풍(風).

바람이 아니라
바담.

바람 풍(風) 21

5분 안에
다 마칩니다

당신과의 우정
임진강 근처의
밤

그때 이미
다 끝냈습니다

마고여
마고여

수천 년 수만 년 전
나의 엄마
마고

내 지금은 오직 그 기억만으로 삽니다
그래

또다시

5분 안에

올해 7월 22일의

大潤朝를 마칩니다. 당신 기억으로. 끝.

바람 풍(風) 23

내 어미를
내가 세상에 고발해놓고

저녁엔
어미 제사를 지내려 하니
마음 산란타

오늘

내 이 마음 위로할 이 누군가
슬픔인가

그래
슬픔뿐이겠지만 그런 건
이미 물 건너갔다

남은 것은 웃음뿐
비비 틀어 웃으며 젊은 애들
열여섯 열일곱 요즈음 애들이
피식 피식 웃으며

내뱉는 한마디 다음과 같은 말씀뿐.

'헤헤
좆같은 엄마!'

(무슨 뜻인가 알아봤더니 파스꾸찌 여편네들
얘기!)

바람 풍(風) 24

한없이 한없이
가슴은 아프고

끝없이 끝없이
내 입가엔
비웃음이 넘친다

유식하게 한마디
하자면
'Zolla BBalla'다.

누구더러
하는 말인가?

내 여성
내 친구 여성 지식인
내가 좋아했던 모든 여자들
숱한 언론들과 정부 고관들
고매한 신부 목사 스님들
모두 모두다

Zolla BBalla Zolla BBalla다

모면할 년놈 있을까

없다

나마저 없는데
누가 감히 모면해?

2009년 기축년(己丑年)
후천 시작하는
바로 이 시커먼 때에.

바람 풍(風) 25

지리산에서
빨치산 하다 내려온
한
옛 어른이 내게 하던 말이다
'자기는 아파도
남에겐 생기를 줘라'

지금 이 세상에서
누가 그 말을 제정신으로 받드나
당연히

'남에겐 아픔을 줘도
저는 생기를 가져야지'

그때 나는
결핵요양원에 있었는데

만날
일본놈 군함 마치나 불러대는
친일파 부산놈 예수쟁이가 어느 날

이 옛 빨치산을 노려보며
'너 빨갱이란 걸
내 다 알아 이 새끼야
콱 찔러버릴 테다!'

놀라운 건
옛 빨치산!

돌아보니 벌써 자취가 없어
순식간에 달아나버렸어.
그렇게 빠른 게
바로 생기 아닌가!

훗날 훗날
그이가 즐겨 부르던 노래
부용산을 흥얼거리다
가사가 우연히 바뀌는 날이 있었다

－부용산 십리 길에
오리만 오리만 아장대더라
네가 누구냐 묻는다면
나
시오리라
콱콱 일러주리라－

241

시오리
'씨오리'는
파스꾸찌 여편네들 내기화투라

그 화두는
바로
다음

'남이야 살건 말건
나 홀로 살아 묵고 묵고 또 묵고,
두 놈 세 놈 함께 붙어
씹씹씹씹씹
쌩쌩 팔팔 대박이얏–!'

어떤
촉새 같은 대학교수란 여편네가
나에게 한마디 한다
'김 시인은 어떻게 여자를 위한다면서
그렇게 쌍소리를 해요?'
내 대답은 한마디
'내가 쌍스럽지 못하면 거룩한
여자는 없지!'
'왜요?'
'바람은 바람쟁이한테서만
부는 법!
바람에 대한 바람쟁이의 진짜 바람 풍(風) 연작
없이는 여자 세상은
어림없는 법!'

바람 풍(風) 26

내 나이
몇인가 하니
둘하고도 셋이라

둘은
내기화투요
셋은 썹쟁이 부부가
자식 하나
낳는 것

무슨 뜻일까
무슨 암호일까

이렇다
제길헐 돈은 잃어도
비밀 폭로해야지

또 파스꾸지 얘긴데
이렇다

-더러운 놈의 인생이라
강남땅 밟아 돈 뒤
느느니 땅뙈기요
자라느니 땅값이네
네 빚은 내 한몫
내 빚은 나라 잘못
나
이 세상에
참으로 잘 나왔네
둘이 먹고 한 놈 죽어도
세 쌍둥이 새끼들을
몽땅 처넣은 한강 물에
독 풀어서 한몫 잡자-

이것이 무슨 옛날
민요 따윈 줄 알지 마라
저 강남 미세스 버블
파스꾸찌 여편네들
돈 잃고 화가 나면

'나
너 죽여
내 똥구멍에 난초 하나
새길란다'

이러고
전화질로 경찰에다
찌르는

그 짓

무슨 소린 줄 모를 거다
지금 당장 강남 가서
여관에 하루쯤 푸욱 썩고 나서
새벽에 귀 쫑긋 세워
옆방에서 씹하는 소리
소리 소리 중에
이런 말
들어봐라

'저기 저 빌어먹을
김지하란 거지 시인이 말이다
자음과모음에다 옛날 오적 시 실었는데
오적(五賊) 앞에 人변을 붙여
떼도적이 되었다지
그것이 누구야 너지 나지 우리 모두지
아아
신나라 신나는 세상이다.'

난초 한 장을
똥구멍에 붙였으니
좆과 씹으로는 허어연
사꾸라가
만발

어째서 날씨가 거꾸로 간다냐?

임마
여긴 그래
여긴

동쪽 달이 서쪽으로 달리는데
고구려 무사 못 봤나?

어째서 그래?
여긴
그래서 엄마 파스꾸찌

파스꾸찌는 지 새끼는 물론이고
지 에미 애비 죽여서
회쳐 먹는 짐승 이름

코 붙이고 뛰는 걸 봐라
히틀러 군대같이
아침마다 행진하고
낮에는 주식하고
밤에는
여성 상위고 오줌 스와프

허허
미국 간 애새끼들
전화라도 한번 올 적에는

'야
이 새끼야

이 바쁜 시간에
무슨 개소리냐!'

자식이 슬며시
전화 내리며 뭐래는지 아냐?

'좆같은 엄마!'

셋이
자식이면 둘은 부부인데
어미가
좆이 됐어!

가히가히
여성상위 스와프에
여성상위 우로보로스 회복!
성큼 아무려면 어떠하냐
음개벽만 되면 좋지!
개벽
직전이다

둘과 셋이 합쳐서 왈
용화(龍化)라 하지 않았더냐!

어디에?

격암유록(格菴遺錄)이지 어디냐
이

무식한 강남년아!

(또 괄호다
또 헛웃음이다
안 할 도리가 없다
히히히-
바람은 이래서
아무나 못하는 것!)

바람 풍(風) 27

내 친구
김승옥이는
하느님을 보고 난 뒤
입이
붙었다

붙어서 글을 쓰면 좋은데
꿈만 꿔 꿈만
꾸니
살 수가 없다

요즈음은 뭘 하는지 몰라
어느 날
웬 사람이 전화로
'나
김승옥이오'

그래서
전화를 딱 끊어버렸더니

그날 밤 꿈에
하아얀 천사가 와서

'승옥이가
입 열렸다'

뒷날
수소문해보니
아직도 그냥 그래

무슨 일일까?
그 전화는 누굴까?
날더러 오늘이라도
소식 알아보라는 건가!
아닌가?

도무지 세상은 희한한
개세상이니
말해서 뭘 해?
차라리
입 닫는 게 진짜 작가 아닐까?

아닐까?

250

이 세기의 끝에

이
한 세기의 끝에
아무도 오지 않는 한
늙은 미루나무의 그늘

지리산 청학동 근처 어느 비탈에
내 넋의 뼈를 묻은 적
있다
내가 아니라
내 전신인 한 비밀한
떠돌이 스님

쟁끼란 이름의
못난
한 절름발이

내 넋의 뼈란 흰 뼈란
내 넋인
한 갈보의 아랫배
새겨진 푸른 글씨

'이 세상에 나오지 말았어야 할 년'

그년의 아들인
나의 첫
새 그림 한 장

새하얀.

돌아갈 수 없는 시간
이 한 세기의 끝에

이 세상 거대한 풍랑의
시작인

새 한 마리

영우(榮佑)라는 눈알 하나
'우.'

북한 애들

북한 애들이
개성공단 깨놓고
돈 더 달라
악쓰고

미국 여기자 둘 잡아놓고
재판한다고
악쓴다

노자가 뭐랬나
팽소선(烹小鮮)

조그만 생선 굽기가
큰 것보다
훨씬 힘들다

잘못하면 살 떨어지고 잘못하면
타버린다 매우 까다롭다

엠비여

오바마여
아소 후진타오 푸틴이여 들으라

문제는
그대들의
돈

그 돈에 병균이 묻어서다

병균

그것이 문제다
그것이
다름 아닌

교환이라는 이름의
거래뿐
그래
거래 원하는 것 아니던가

베이징 컨센서스는
아직 멀었다
도오꾜가 더 빨라
호혜마저도

제국주의 기축통화 목표 거래뿐

아직
아직

멀었다

참으로 노자가 뭐랬나
시커먼
암소 동굴 속

빛이 들어가 참빛으로
하아얗게
관 얹어주는 날

그날에나
하늘에 태양 빛나고
달은 도리어

태양은
주석(主席)하는
십무극(十無極) 온다는 것 아닌가

어이
여보게
바둑쟁이들

이리 와
오대산 어디쯤에
바둑 수
다 놓고 가게

내 한번

뒤보게.

정말 너에게

정말
너에게

賦
139

내 아들아 내가
너에게 참으로 줄 게 있다면
좋겠다

주어서 네게 참말 도움이 되는
그런 사상이든 이론이든
작품이든

내게
돈 없는 건 네가 이미
잘 아는 것

내게 무슨 그렇다고
따뜻한 남들 같은
애비 사랑
많은 것도 아닌 것

그래서
네 외할머니에게
혼났던 것

알지?

언젠가부터
내 얘기 듣고 네 얘기 속에 숨은
새 시대 새 세대 새 세계의
삶을
내 나름대로
생각하는 것
그것

그것밖엔 네게 참말로
줄 게 없다

아들아

네가 이제부터 다가오는
새 시대의
새로운
삶과
앎과
꿈을

키우고 살리고 드러낼
그런 사람임을

이 애비는
잘
안다

나는 그것을

'디지털 화엄학'이란
암호 같은, 메타포 같은
그런 말로
이해한다만

네 세대의
그 아름다운 촛불이 켜지는 것 보고

누가 누구에게
이래라 저래라 하는 시대가
이미 가버린 시대에
한 애비가

한 꿈 많은 아들에게
해줄 수 있는 얘기가 과연
무엇일지

나는
모른다

모르는 채로 그저 짐작한다

'화엄개벽의 디지털적인 전개,
그 아시아에서의
네오 르네상스'

내가
네 세대에 관해
아는 게
없다

마치 너에 대해 내가 아는 게
별로 없는 것처럼

그러나 애비는
화엄개벽과 아시아 르네상스의 길
너는
그것의 디지털 노마돌로기, 그것의
네오 르네상스의
길.

아닐까?

공감 조금이라도 간다면.
그 일 위해서라도
안정 필요해

안정 위해서라도
결혼 필요하고

그래.

살다 보면 알아

인생은
선(線)이 아니지만
때론 선(線)이 아닌 것도
아니라는 것

때론
아기 울음소리
때론
아내의 눈빛이

창조하는 사내에겐
도리어
위안만 아닌
콘텐츠라는 것.

정말 너에게

내 아들아

줄 수 있는 게 있다면
좋겠다

없어.

261

아무래도
별로 없어.

없어서 이리 시데부데
몇 마디 한다.

2009년 4월 26일 아침 8시에

내가 나에게 말합니다

내가 나에게 말합니다
이제

이제 바뀔 땝니다
이제
참으로
일어설 땝니다

내가
이제
나에게 일어서라고 말합니다

나의
내 안의 푸른 하늘이여
붉은 꽃들이여
온갖 온갖 슬픈 기억들 갖은 추억들이여

일어서시라
멕시코로부터
한 소식이 오고

나는 이제 거기에
무엇도 할 수 없는
나의
무기력을 알았습니다

괴질은
십 년 후가 아닌
바로 지금 시작되었습니다

나
모든 것
새로 시작합니다

하루 세 번 별공부 꽃다짐 합니다
그리고
다시금
흰 그늘로부터

화엄개벽의 길
새롭게
떠납니다

조금 있다
길에서 봅시다

바람이 몹시 거칠 겁니다
난

당신과 땅이
그리고 나의 두 아들
한 아우와 몇 사람의 벗들밖에
믿지 않습니다만

이들과
이제
떠납니다
멕시코로 떠납니다
세계로 떠납니다

우리 자신의 올여름 올가을 올겨울과
두세 새해 안에 닥쳐올
커다란 개벽

화엄개벽의
흰 그늘을 바라보고
갑니다

나
이제 일어섭니다

내가 나에게
일어서라고 말합니다.

기축(己丑) 2009년 4월 29일 새벽 3시,
새로운 각오로 때에 맞서며

내가 너에게

내가 너에게
이 한마디만은 하고 떠나마

나 아직 가보지 못한
그러나 근처까지는 가보았던
천축(天竺)

그 망망한 대지에서도
찾지 못한 육불수(六不收)
화엄법신을 그날 밤 여인숙에서
옛 엄마
젖가슴 속 흰 그늘에서 찾아낸

아
설두(雪竇) 스님께
나 이제 돌아간다는 이 말
한마디만
전하고 떠나마

나는 전부터 끊임없이 떠나는 사람

이제 또다시
익산(益山)을 떠나고 다시 오봉산(五峰山)을 떠나고
배부른 산마저 떠난다

떠난다는 것

나의
산(山)

내게 남은 건 아무것도 없다
이리
새벽 세시에 일어나
희미한 불빛 아래
밤새워 시달린 그림자들을 마주하는
이 깨어남의
시간
그 밖에 남은 건 아무것도 아무것도
없다

내가 너에게
너
누군지도 내가 모르는 나의
새로운 시절의 도반(道伴)에게

천축
저 망망한 대지로 또 떠나갈
너에게

마치
한밤중 옛 엄마의
젖가슴 속

흰 그늘
그 풋풋한 기억을 상기시키는 나의
이 한마디만은
하고 떠나마

느을 떠나는
이 정거장 대합실이

과연.
어디인지는 알아보고 나서 떠나라는 이 한마디
한마디

그것이 나의 옛 스님 새벽녘의
외로운
그 자리
등탑(燈塔)이라는.

이제 세수 마치고
스님께
간다.

내가 검은 그이에게

잠결에
잠 아직 깨기 이전
거의 깨어
기도한다

賦
___
142

내가 검은 그이
내 엄마에게
그리고

그 엄마의 잘못을 대신해
사과하는 기도를
내 아내에게
내 두 아들에게
세상에게 땡이에게
내 애비와 나 자신과 장모님에게

늦은 소리
아주 아주 작고 작은
마음으로
용서를 빈다

얼마나 긴긴 어둠이
그 인연에 깃들었으면
그랬겠는가

심지어
제 아들 외아들까지도 돈을 받고
또 혁명의 허영심으로 팔아
죽음으로 내몰았을까
도대체
얼마나 검은 악마의 힘이 그 전생에
깃들어 억압해왔으면
얼마나
구박이 심했으면

아아

나의
생모여

이제
당신이 팔아먹은
북한 공산당에 김 모라는 사기꾼에게
박정희 도당에게 이중 삼중 사중으로 팔아먹은
그 아들 아닌 아들이

당신을 위해
기도한다

돌아가시라

삿갓봉 거기
나 또한 어느 날 산골해 그 자리로 가리니
거기

조용히 흩어지시라.

다시는 다시는
윤회하지 마시라.
평안하시라.

불망(不忘)

어느
낯선 시골의
이름 모를 작은 방죽가에 앉아

자그마한 풀잎 하나에게
내 서러운
지난 일을
들려주고 싶다

이제
만물이 해방되는 시절 가까운 때
풀잎에게
나의 어두운 또는
빛나는
진화의 역사를

그래

참고하라고
주고 싶다

아침마다
아직 누운 채
우리 집 고양이
김막내의 피맺힌
그러나
샛노오란 기이하게도 가슴 설레는
울음소리 울음소리를
들었다

그것은
참으로 섬세한
관념

막내가 수시로 하염없이 하염없이
서가에 꽂힌 책들을 바라보며
한없이 서 있는 것을
참으로 자주 본다
보통 일
아니다

내 이름 역시
꽃 한 송이

영일(英一).

메시아가 올 때
우리 모두 물질의 굴레에 갇힌
만물을 해방할 저마다의 메시아가 올 때

꼭

잊지 말고

단 하나만이라도 잊지 말고
참고하라고
준다
풀잎에게

낯선 곳 서름한 이 시간 어쭙잖은
인생 경험 하나를

내 평생 후회하는 일
단 하나를
준다.

내 맏이에게 한 차례
회초리를 때린 일.

아이를 치지 마시라
아이는 한울님.

부디 이것을 잊지마시라
삶은 곧 불망(不忘).

유난히 오늘 새벽에

어제

참으로 많이 떠들었다

젊은이들이 많이 드는 오마이뉴스라는
인터넷 신문

조금은
왼쪽 기우뚱이라
더 그랬다

새벽에 일어나
너무 떠들지 않겠다
맹세하지만

시 쓰기도 매일 하지 않겠다 다짐하지만
문득
벽암록(碧巖錄)을 여니
위산병각인후(潙山倂却咽喉)

-목과 입을 안 쓰고 뜻을 전할 수는 있으나
후손에게 되레 해될까 걱정된다-

할 말은 하자

그러나
제발 좀
가만히 하자

내 스스로 목과 입이 흥분해
자면서도 밤새 떠들어대는 소리를 지난밤
들었으니

이제는 제발 그만.

나 이러다
성불(成佛)할 건가?

캄캄한 창밖에 흰 구름 언뜻 지나간다
유난히
오늘 새벽에.

기축(己丑) 2009년 5월 12일 새벽 6시 정각

몸 윤초(潤岭)

새벽녘이면
잠자리에서 몸부림이다

아프다
온몸이

쑤시고 결린다
운동 부족인가

그것도
있을 것이다

그러나 이 증세가 지난 칠월
윤달 없어진다는 윤초(潤岭)부터인 것
오늘 새벽에야
문득 깨닫는다

몸 윤초.

몸 안에서 태양력이

음력으로 윤력이 무윤력으로 정력으로
바뀐 것

365일 1/4이 360일로
바뀌는 것
달이 밑으로부터 치솟아
해를 밀어 올려 더 높이 더 밝게
들어 올리는
후천개벽 기축년(己丑年)

왜 아프지 않겠느냐
당연하다
몸은

삼천대천세계 당연하다

그래서 왼통
달이 해를 삼키는
대일식(大日蝕)이었구나

삼킨다.

-나 일찍 나가요
문화관에 가 콩밭도 매고
점심에도 못 와요
밥 찾아 잡수세요
저녁에나 봐요-

아내 말이다

"삼켰다!"

허허허

나는 더 높이 더 외롭게 더 밝게
혼자서 글 쓰고 혼자서 그림 그리고 혼자서
새 글자를 만들어야 한다

그래

"모셔라!"

몸 윤초의 한 결론이다.

침묵의 한 속소리

여기
여름이 가는
배부른 산 아래

아무 열매도 없는 과수원
무실리(無實里)에서

새벽에 문득 일어나
침묵의 한 속소리 듣는다

-여름은 열매.
여름이 가는 이때
열매 없는 무실리에서

당신 배부른 산 바라보며
무엇을 꿈꿉니까?

네.

답은 이미 물음 속에 있습니다

꿈.

나의 여름
나의 열매는
꿈

배부른 산은
꿈으로 배부르고자 어릴 적부터
내 그리워했고
오늘
이리 왔습니다

배부른 산 아랫산 봉화산에 저기
구름이 지납니다
구름은 또 무엇입니까?

—구름은
바로
흰 그늘.

구름 없이는 푸른 하늘 없음.
하늘 없이는
꿈 없음.

아아
오늘
내 공부 이리 마칩니다.

번안(煩顏)에게

내가
어리석은 사람이라는
그리고 또
못난 중생이라는

이 한 생각
버리지 않고

입을 굳게 다물고 춤을
산알의 춤을
춘다면

그때다
나의 침묵의 뜻이 화안히
열리는 날이.

282 부디
못나소서.

번안(煩顔) 드림. 3월이 오는 길목에서

.

비록 나에게

비록 나에게
한 줌의 목숨이 주어졌다 해도

그것 다
영
그것 없으면
무슨 소용인가

영.
내 안 저 깊은 곳에서
매일매일 순간순간 외치는 영.

-부디 못나소서
부디 더욱더 못나소서-

어제는
밤새 잠을 설치고
새도록 못난이 못난이
못난이였던 내 어릴 때
꽃 한 송이

영일(英一)로 돌아가자고

새도록
외우다가

이른 아침 동틀 때
창을 열어

가까운 봉화산 너머
허공에
절한다

-이만큼 못나면 되나요?
이보다 더욱더 못나야 하나요?

유리창에
벌레 한 마리
못난 중생 한 마리 와 붙으며
왈

-에헤 그것 가지고?
나만큼은 못나야지 그것 가지고?

세수하고
신문 보고
밥 먹고
텔레비전 보다가
들어와

다시 눕는다
잠은 오지 않는다

에헤. 참 못났다.
그 정도 가지고?

이미 다녀갔다

누가
온다고 했다

기다렸다

분명히 한
아름다운 분이 오신다 했다

기다리고 기다렸다

끝끝내 오시지 않으니
혼자서
생각한다

말없이 기다리는 일

그래야
그가 오시는 것.

오심

나오심
나오시게 함
나와 크게 일하시게 함

그것이
나의 모심.

나의 기다림.

말없이 기다리는,
오지도 않는 이를 한없이 온종일을 기다리는 일

못남.

이튿날 새벽
창밖 훤해질 때

그가
이미 다녀갔음을
깨닫는다.

깨닫는다.

수천 년 전 노자의 말

-아무위이민자화(我無爲而民自化) -

그리고

크게 깨닫는다

동학 주문 본주문엔
'무위이화(無爲而化)' 말고도 이미
세 군데가 못나디못난
말없는 기다림인 것

깨닫고 나서
운다.

9월 6일
산알이 내게 온 뒤

지금
나
여기 서 있다만
어제 이후
저기 가 있음을
안다.

어제
밥 사 먹으러 거리에 나갔다가
죽을 뻔했다

사십 분을 걷는데 꼬옥
죽는 줄
알았다

어제 새벽 내 몸 안에
산알이 와서인가

또
밤새 아파 몸부림치다

잠시 잠결에

내
요즘 공부의 가장 어려운 부분
내 가장
아프고 쓰라린
전문 부분

흰 그늘 미학의
그야말로 '산알'이 왔다

아픔 속에서
복승(復勝)한 것이다

복승은, 치유는, 산알은
아픔 속에서만 오는가

아

어쩌면
오늘이
내 생일

나
다아 나았다-

천안 산마루 할아버지께 간 아내가 전화로
말씀에

우리 원보와
아내 몸이 이제
다아 나았다-

그렇다.

나 나을 때
식구도 다 낫는 법
그것이 산알,
나의
나를 향한
기도문 한마디

또 외운다

-부디 못나소서
더욱더 못나소서.
매일매일 더더욱
못나고 또 못나소서-

오늘 이후

팔
다리가
몹시 아프다

아파야 한다

온몸이 바뀌고 있는 듯
아프다

오늘은 나가
한 삼십 분 걸어야겠다
어정어정
터덜터덜

걷는 것도
못났다

참 못났다. 그래.
허허허.

(오늘 이후 뭔가 크게 바뀔 듯.)

땡이와 푸름이

신축
아파트
십층이라

새건물증후군에
공기가 문제라고 아내가
푸른 고무나무 분을 들여왔다

내 방
내 침대
발치에 놓았는데 한밤중에
자다 깨어

그 나무 푸름이 곁에
땡이가 우는 것을 보았다

-나는 동식물 중생과 다 함께 사는구나
푸름이는 땡이 아래 또 막내-

창밖

아직은 어두운 허공마저
가까이 있으니

이제 날이 새면
태양과 구름마저 빛날 터이니

그래

이젠 바야흐로 우주생명학을 구상할 시간

비로자나님
대침묵의 뜻이 열리는 때

다시금
나의 좌우명을
새기고
또 새긴다

-부디 못나소서.

(아아 감사합니다.)

기축(己丑) 2009년 9월 10일

내가 나에게 이리

내가 나에게
이리

이리 조용했던 적 없어

이리
차분하게

들쑤시지 않고 들볶지 않고
이리 무심한 적
결코 없어

오늘이
무슨 날인지 알아보니

아무 날도 아니라

결국은
또
배부른 산 아래

무실리(無實里)

무실리 무실리 무실리
그 푸른 과수원 벌판 이름이
열매 없는 땅
무실리라서

배부른 산
그 아랫산이
날카로운 이름 봉화(鳳華)인데도
무실리라니

하늘은 뜻을 기르고
땅은 때를 마련한다오
그럼 사람은
그사이에서 그들을 합쳐
모심을
시작한다오

내가 나에게
이리
공손한 것은

여기 내려와 살기 시작한 보름 만에
보름.
그것을 안 것.

그뿐이라오.

부디

이런 적은 처음이다

興
154

이런 마음이
내 삶을 지배한 적은
정말로
처음

웬일일까

기도하고 싶고
가만히 앉아 어딘가 먼 곳
끊임없이 눈 보내고 싶은
공부하고 싶은
끝없이
깊은 참선에 들고 싶은

나의 이름을
이럴 땐 무어라 하나

그래

알았다

-못난이-

.

그래
알았다

'부디
못나소서'

물

어제 온종일
그리고
사실은 며칠 전부터

물이란 제목의 긴 글을 쓰면서

내내
물처럼 생각하자
참
맹물 같은 생각을 생각을 내내 하면서
쪼다처럼 머저리처럼
쓰긴 썼는데

마지막 구절
오대산 서대우통수가
그 별명이

고이나 마나
넘치나 마나
흐르나 마나

세 마디라고
써놓고 안심을 했는데도
그래서
못 자던 잠도 실컷 잤는데도
허허허

아침에
그리
고이나 마나도 넘치나 마나도 흐르나 마나도
아닌
그렇고 그래

허

그런데도 아내가
아침 일찍 웬일로 땡이와 함께
내 방
쪼다 방
침대에 와 잠시 앉았다.

허허

인가했구나
인가를
절에선 뭐라고 하지?

뒤이어 치매가 왔다
왕따를 일본에선 뭐라고 하지?

허허허

물.

본디 물은 그런 것.
물은 물어보나 마나지 뭘!

(뒤이어 생각났다.
'이지메!')

60년 만에

육십 년 만에
처음
붉은빛으로
꽃을 그린다

오늘

내 아홉 살 적인가
마지막으로
붉은 모란꽃 그린 뒤 처음

그래
지금 내 나이 칠십이니
꼭
육십 년.

서툴디서툰 꽃 그림이
며칠 전까지 잡고 있던 먹그림
그 삼십 년 닳고 닳은
사군자보다

웬일로
저리
눈부신가

웬일로 저리 가슴 뛰는가
조금은 이상했었다
닷새 전

좋은 난초 하나 뽑은 뒤 화제가
나도 모르는 새
쑤욱

– 사군자의 끝 –

조금은 이상했었다
그래 닷새 뒤

서툰 채 향꽃 화제가 이젠

–구륵(鉤勒)도
몰골(沒骨)도 아니다.–

구륵은 먹선 받친 꽃이고
몰골은 먹 빼버린 그냥 채색 꽃.

지금의
나의 미학이지만
그래도

싫다

어정쩡한 절충이 싫고
그냥 시뻘건
채색꽃이었더라면

아아

아침 선어(禪語)는
벽암록 동봉호성(桐峰虎聲)

-옳기는 다 옳으나
양쪽 다 날강도-

육십 년 만이어서 그런가
요즈음의 내가 원만해서 그런가

머언 곳 화가 아우에게
전화를 했더니

-형님 마음에 개벽이 일어났소
시뻘건 아침 직전이 본래 시커멓듯이-

아하

육십 년
나의 기위친정(己位親政)이로구나

술이나 한 잔 있었으면 담배라도 한 꼬치 아님 한 모금.

아무것도 없다
가슴 깊이 새긴다
-부디 더욱더 못나소서-

내일 아침
머얼쯕 떠나
오대산 서대 우통수
큰 남한강 첫 샘물이나 보고 오리라

그 샘물 별명이
셋.

-고이나 마나
넘치나 마나
흐르나 마나.-

기축(己丑) 2009년 9월 19일

미륵섬

— 기축(己丑) 2009년 9월 24일, 통영 미륵섬에 가

미륵섬이 어디인가

미륵섬

화장세계의 얼굴
여자 닮은
남자

용화결승(龍代結繩)의 서계(書契)
미륵섬
어디인가

그날
수없이 많은 산
한없이 기인 긴 길들을 지나

308

남해의
한 보석누각
비루(翡樓)에 오른다

하늘에 학들이 날아오른다
그 학들의 등 위에 내 마음이 오른다

그리하여
천천히
내 몸이 내린다

-부디 못나소서-

한마디 속에 내린다

천한
한 세상 사랑하다
가슴 찢긴 위대한 한 엄마의 넋
여기에
잠들다-

내 마음에 새긴
나의
글

그 글귀 한마디 마디마다 내린다

내가 나에게 줄
마지막
말

-내림-

내려 비로소 오르는 미륵의
섬에서.

기축(己丑) 2009년 9월 24일,
박경리 선생 묘소 이른 추석 성묘 때 모심

비루(翡樓)
— 기축년(己丑年) 중추(仲秋) 뒷날 2009년 10월 4일
  새벽 6시 20분 배부른 산 무실리에서

먼 옛날부터
비취 보석의 누각이
남쪽 바다에 솟으면

학들이
북으로 날아
큰 해일 저쪽에서
빛이 서리라
했다

빛

영롱한 그 빛

태양앙명(太陽昻明)의 시절 오리라 했다

누군가 이 무렵에
한마디
시를 읊는다 했다

-푸른 보석의 꽃 속에
흰 눈물이 아리땁다
아아
연화산 기슭에서 핀
한 붉은
미암꽃 아리땁다-

붉은 미암꽃이여
내 탄식이여

작은 새들 작은 벌레들 작은 길짐승도 모두 다
찾아와 눈물로 깃드는
마지막 날의
엄마 품이여

북으로 돌아가는 길
머얼리 돌고 돌아 마침내
다섯 봉우리 큰 화엄의 산으로 가
물이
불을 들어 빛으로 해맑고
밝게 펼치는 시절로 사뭇
돌아가는 그 길에서

나

한 줌
재가 되어도 좋다

오로지 영원한 비로(毘盧)의

저 광막한 대침묵의

한

소리가 되어도 좋다.

무제

화안한 불 밑에

밤새도록

혼자

외롭고

밖은 산 위에 바람 불고 구름 흐르고

가까운 곳

텅 빈

길 위엔 미미한 달빛 혼자 외롭고

이곳에

왜 왔는지를 알겠으나

이제

어찌 살는지는

모른다

봉화산이여 봉화산이여

옛옛 고려 적

사미와 주리와 맹암의

그믐밤
그 외로운 길을 가르치라

이곳
해월과 수왕회가 다녀간
묘덕원만을 논의하던 호저 가는 길
가르치고

아
나 이제
그 길 가리라

나 이제
그 길 가다 어느 날
빈 무너미고개에서 숨 막혀

하직하리라
그리고 삿갓봉 아래 산골하리

혼자
오로지 혼자서
타 없어지리

이리 혼자 외롭고.

나에게 한 송이

나에게 한 송이
바알간 작은 한 송이
꽃이 핀다면

이
느을 시름시름한 그늘에 한 번
작은 꽃이
필 수만 있다면

그래도 좋으리
죽어
흩어져도 좋으리
그 한 송이 이름
화엄부(華嚴符) 붙여주고 그 속에

나
영생한다
착각하며 머얼리
떠난대도

오직
좋으리.

꽃 한 송이와 샘물

샘물가에 핀
꽃 한 송이

내 운명이다

산 위에 샘물가에 핀
작은 꽃
한 송이
내 이름이다

나 이제
비로소 모든 것 다 깨닫고
모든 것
다 이루었다

더 이상 괴로워할 것도
외로워할 것도
머뭇거리며
의심할 것도 아예 없다

내 돌아가고자 평생을 몸부림치던
산 위의 물
거기

물가임에도 푸른 별 따라 피는 한 송이
꽃잎에

더 이상 바랄 것 없다

신시(神市)요
이괘(離卦)의 축빈우(畜牝牛)요

내 아우의 이름
청산(靑山)이다

푸른 물 있는 붉은 산.

이제
그 샘물에 달 뜰 때마다
물속에 핀다는,
비녀산 뒤에 핀다는

내 어릴 적 운명

징게멩게들

김제만경의 본디 내 고향
그 화엄개벽의 땅

돌아가리라.

어제에 이어

어제에 이어 오늘
'샘물'
내 친구를

아무래도 안 되겠어서
높여 부르기로 합니다

'샘'

요즘 애들 선생님 부르는 소리라오

샘.
그런 뜻으로 불러 보니
이제야
마음 편네요

가슴 한복판의 한울님을
친구라니 너무하지요
샘물은 샘물이지만

아무래도

'샘'.

좋지 않나요.

자재연원(自在淵源)이니까
이젠 펑펑 쏟아지거나
콸콸 넘치거나
졸졸 흘러나오는 지혜의
온 물결이

결코 내게 있어
거룩함을 잃지 않겠군요

조금치라도
낮추어지지도 않겠고

그렇지요

샘!

물이 아닌 샘!

기축(己丑) 2009년 4월 18일 아침 7시

섬

외로운
꽃 한 송이

산중턱 자그마한
옹달샘 좋아하다
샘물 따라 따라 강물 따라가다

끝내는
큰 바다 한복판에
때 이르렀네

하늘도 다 내려와 그저 짙푸른
물
거기

섬 하나 외로이
떠

꽃보고 손짓하네 살몃 웃으며
꽃이

할 말 없어
제 붉음마저 지우네 노을에
아 노을녘에.

나의 흥비가(興比歌)

내 존경하는
수운(水雲)선생님 왈

비흥(比興)으로 자꾸만
요즈음 유행대로 말하다간
까마귀 날자
배 떨어져!
그러지 말고
화엄개벽부터 시작해 흥비로 흥비로 가게
알았지!

그렇다
나의 강토봉재
광주원주평양 년놈들
나의 강토봉재
오비이락(烏飛梨落)이라, 알았다 이젠 다아

알았다
이젠
흥비라!

조끼 주인이
어느 놈인지를 미리 알았다
이젠

경운동 평택 평창동에
안동(安東)에서까지도 아예
홍비.

선생님께 이미 예전에
무궁으로 가는
고갯길

조끼 잡는 법 환안히 밝혀 있었으니
오늘

나

한없이 푸근하다
할아버지 안심하소서.

오랜 인연들조차

아주 아주
오랜 인연들조차

가차 없이
끊어버린다

난
이제 사람이 아니다

끊고
홀몸으로
아주 머나먼 길
외길
간다

어디서
누가
나를 맞이해
위로하리란 생각 같은 것
없다

가슴이 쓰리도록
외롭다

단

뒤에 남겨진
아내
두 아들과 고양이 막내

그리고 아우 한 사람뿐

없다

자

이제 걷기 시작한다

이미 스무 살에 열리기 시작한
우주 저편의
흰 그늘의 길

끝없는 저 길

아무
가진 것 없이

걷는다

위로 같은 건
없다.

아무것도 없는

정말
아무것도 없는

내 생애에
딱 하나

파아랗게 불켜고 있는 건
당신뿐

몇 번이고 몇 번이고
나로 인해 극심한

고통 속을 헤매었건만 끝끝내
내 곁에 남아

파아랗게 불 켜고 있는 건
당신뿐

다른 말 안 하려오
이제 죽는 날까지

나 또한 파아랗게 불 켜고
당신 곁에 있겠다는

그 말뿐
그 말 한마디뿐.

내가 이제 더 무엇을

내가 이제
더 무엇을 바라겠는가

후미진 산골
오두막에 혼자 버려진다 해도

조금은 쓸쓸해도
조금은
서글퍼도

이젠 예처럼 들로 나아가지 않겠다
혼자
이곳에서 산다

산다고
그렇게 허공에
느을
말할 수 없다

다만

내 곁에 한 편의
누군가의 최근에 쓴

내 마음의 역사
네 마음의 역사
우리들 마음의 역사

그건
새 시대 사람들의 마음의
진솔한
흰 그늘의 역사
한 권만 있다면

연기(緣起)를 읽으며
성기(性起)의 길을
갈 수 있으니

하아얀 어둠의
아득한
수천 년 전 오묘한 물구덩이

개벽이 되고
태양을 밑에서
달의
힘이 사람 안에서 하늘과 땅을
하나로 묶어
밀어 올리는 날의

기인 긴
전환을

나는 이제 작은 산골의
오두막에서 보리라

한 권의

내 아들들의 딸들의
삶의 역사만 마음의 역사만
연기(緣起)의
기록만 곁에 있다면

힘 없이도

내 큰 흰빛의
앎을

알아가리.

회촌에서 또 하룻밤

어제
회촌에 와

빙모님 제사를 올렸다
여럿이 왔는데

왠지
외롭고 쓸쓸해

오봉산더러 물었다
왜냐?

답이 왔다

'널 반기지 않으신다'
'왜?'
'아직도 너는 너만의 길을 가니까'

나만의 길.

사실은
그 길이 오봉산으로 가는 길이오
그 길이 또
오대산으로
가는

그 길.

무얼 말하는 건가?

아침에
해 떠도
눈이 밝지 않고

밖에 바람 불어도
꽃들은
울부짖지 않는다

이곳은
이제
추억이다

나는 오봉산 아닌
배부른 산 무실리 내 허름한
10층 아파트

자그마한 공부방으로 돌아간다
그곳이

이미

한여름
동아시아 태평양의 불꽃.

한 시절 속에
흰빛과 검은 그늘

한 시절 속에
흰빛과 검은 그늘
쌍쌍이
함께 있다고.

그래서
지금
내 온몸 온 마음이 말한다

'끝났다.'

나의 한 시절의 일이 이미
끝났다

나 이제
고향

내 참고향

배부른 산 무실리 내 마음의 지도

흰 그늘에게 갈 일만

남았다
아
남았다. 기쁘다

무심중(無心中)

무심중
한 구절
놀랍다는 감탄만이
스친다

놀랍다
흰 그늘이 함께 한 시절 안에 있고
한 돌다리로
나귀와 말이 다 지나간다

아침엔
화안한 깨침

오후엔 시커먼 두세 시간의
지옥고

그 뒤 한밤에 다시
돌다리 나무 다리로 나귀와 말이
썩은 놈과
맑은 놈이

무심중에 엇섞인다

란초조차도 꽃 두 송이
제멋대로

벌어진다

땡이 엄마에게 땅이가

땅이 엄마에게
땅이가

가
안기는 걸 보며
발 플럼우드가 그처럼
피 토하듯 역설하던
모심의
문화가

다름 아닌 엄마임을 깨닫는다

우리는
엄마를 찾고 있다

나도 내 아내도 두 아들도 땅이도
이 시대도 이 우주의
일체
무의식도

아마

그이는

'한울'이란 이름의 큰 부처님.

가깝다.